林斯諺 著

雨夜送葬曲

-完全修訂版-

「暴風雨山莊」的未來回歸與現時探索
——林斯諺《雨夜送葬曲》（完全修訂版）導讀

文／洪敘銘

進入二十一世紀的台灣推理文壇，有許多新「里程碑」，不論是受網際網路及各種流派翻譯推理引進影響的「新浪潮」時期（既晴，2004：331），或如「台灣推理小說更上一層樓的第一年」（傅博，2004：272），都隱含著二〇〇〇年世代的創作者對「台灣推理小說」的分野與嶄新期待（既晴，2005：10）。

然而，這種「新世代」推理的想像背後，明顯運作著一套完整的價值體系——「本格復興」，意即這種「新」的書寫型態，不論是轉譯日本，或挪移歐美古典推理中邏輯、解謎傳統的嘗試，作家們開始透過對經典的效仿、致敬，而逐漸凝聚成他們的創作特色。

林斯諺是這個世代重要的代表作家之一，他的創作歷程，幾乎與本格復興的興起重疊（既晴，2005：8），推理短篇〈霧影莊殺人事件〉，獲得第一屆人狼城推理文學獎佳作，〈羽球場的亡靈〉，除了獲得第二屆人狼城推理文學獎首獎外，更登上《艾勒里・昆恩推理雜誌》（*Ellery Queen's Mystery Magazine*，簡稱EQMM）的Passport to Crime專欄，二〇一六年〈聖誕夜的奇蹟〉再次刊登於這本世界上歷史最悠久的推理雜誌，是迄今台灣推理界難以超越的成就。

值得注意的是，在二〇〇〇年以降台灣「本格復興」的思維下，林斯諺初期以「昆恩流」著稱（喬齊安，2014：209），他筆下的偵探林若平，也具有昆恩的謙沖自抑的性格（杜鵑窩人，2006：12），林斯諺也不迴避這樣的特徵，他曾在《冰鏡莊殺人事件》中化用了昆恩的《國王死了》與自己的〈羽球場的亡靈〉作為連環殺人的詭計，也參加另一個台灣推理作家投身、競技的舞台——島田莊司推理小說獎，獲得不少關注。

不論是「昆恩流」或是「島田的孩子」（陳國偉2011，71），事實上都指向本格「復興」的迫切需求，成為二〇〇〇年初期台灣推理小說的創作典範與探索方向。二〇〇五年於小知堂出版的《雨夜莊謀殺案》，二〇一五年修訂改版《雨夜送葬曲》，時隔六年後再次改版，顯現他與時俱進和求好心切的態度，這部作品不僅對林斯諺的創作系譜，或對這個創作世代來說，都具有相當重要的指標性意義，它標誌「本格復興」浪潮下對傳統本格的譯寫及回顧，也開展出與前一世代推理創作中，不盡相同的本土探索，卻也意外勾連起台灣推理小說在發展歷程中，一脈相承的核心意旨。

一、林斯諺式的「暴風雨山莊」

「暴風雨山莊」被視為本格書寫的重要標誌，這個場景完全與外界隔離，無法求得外界援助，也無法逃離，由於現實情境的完全隔絕，使得案件的破解，必須完全倚賴偵探的推理，進而形成兇手／偵探（作者／讀者）之間的鬥智與角力的場域。

林斯諺的三《莊》系列（〈霧影莊殺人事件〉、《雨夜莊謀殺案》、《冰鏡莊殺人事件》），從名稱上，可以觀察到林斯諺有意識對暴風雨山莊進行的創作實踐。且在這三部小說作品中，都能夠發現一些相當類似，也是相當「經典」的敘述。

首先是「暴風雨山莊」如何完成？「霧影莊」是一棟位於中部橫貫公路的山谷之間、被群山圍繞的華麗建築物；「雨夜莊」是南部橫貫公路深入半山腰的岔路上的一間奇特別墅；「冰鏡莊」則在花蓮往中央山脈的一片密林中，左右兩邊都是高聳的山壁，前方則橫陳著一波丘陵，從三「莊」的基礎設定中，可以發現它們都位在偏遠的山間，而且進入的途徑，都必須經過蜿蜒、狹窄的山路，更重要的是，這些難以抵達的奇特建築物，在林斯諺的小說中，一致地座落於鄉野空間內，並且被賦予異域的想像，使得這些「被恐懼」的自然鄉土，因其偏遠和異常，而成爲某種「死亡地景」的象徵。

「暴風雨山莊」的完成，必然和唯一且必經道路的「隔絕」直接相關，霧影莊與雨夜莊，都是因爲天候因素而道路坍方，冰鏡莊則是兇手破壞了隧道的入口，兇手也必須阻絕任何與外界的聯繫可能，使得完全封閉的山莊、不可思議的殺人事件，以及在場的人們對於未知的心理恐懼，都成爲暴風雨山莊的基本條件：「噩運」與「迷離」氛圍，正因被「製造」出的另一個空間、另一個世界，拉開推理的序幕。

這種完全的隔絕，也讓偵探與兇手處在同個場域之中，避免了「外來入侵」的干擾，雖然偵探往往百思不得其解，但終究能夠在「倖存者」中，指認出眞正的兇手，及其不可能犯罪（通常是密室殺人）的手法。

換言之，「暴風雨山莊」案件的核心，可以拆解成一層又一層的「密室」，在林斯諺的小說中可以發現，山莊所處的環境因交通阻斷，而產生無法出入的阻絕狀態，建築物內部空間也因此產生了封閉的效果，意即人物幾乎「無處可去」，在案件發生後至解開謎團前，他們都必須處於「殺人」或「等待被殺」

的被動狀態中，即便如此，小說家依舊不斷創造出一間又一間設計精巧（無論是否人爲刻意爲之）的密室，從外部環境的孤絕感，到人物內在心理的頽然與求生意志的喪失，強化對偵探解釋眞相的唯一權力，因爲唯有如此，暫存的倖存者才能解脫。

這種具強烈本格色彩的書寫實踐，最終創造了偵探與兇手正面對決的舞台，即使「動機」仍然重要，但可以發現偵探推理、解謎的過程，才是眞正的核心，也成爲現今評論者鑑賞的主要焦點。

進一步探論林斯諺的「暴風雨山莊」，除了多數讀者討論甚至質疑的焦點：「台灣是否也具有搬演『暴風雨山莊』經典劇碼的能力？」外，似乎還有更多値得思索、解析之處。

這個質疑衍生的是，把「暴風雨山莊」挪移到台灣的時空環境之中，是否就能夠稱之爲台灣的本格推理小說？意即這些小說是否只是在重複那些已在歐美、日本推理中反覆操作的內容，而無法建構台灣的在地性特色？

進一步來看，「暴風雨山莊」究竟需不需要解釋它具體且準確的地理方位，及其符合歷史脈絡的時代性？從這個角度來看，林斯諺筆下的「暴風雨山莊」，即具特殊性，例如林若平一行人要從「花蓮火車站」前往冰鏡莊，必須搭乘車窗被封條、遮陽簾層層阻擋視線的車輛，還被要求「戴上眼罩」，但不僅若平，包含讀者都仍然能夠分辨一行人是往「花蓮」深山的方向前進，若是要保持完全的隱蔽與神祕性，這個明確的指向又顯得多此一舉；而這個看似多餘的設定，正好表現林斯諺對「本土」的思考，也就是說，雖然小說敘事中，冰鏡莊位於花蓮、台東、南投、高雄山區，似乎沒有太大的差別，但它們都被刻意的建造在一個台灣特定的時空條件與背景下，例如雨夜莊在山路嚴重損毀、搶修工作難以進行的狀況下，作者後設地從「先前新聞刊登」的報導中，連結到「台灣脆弱的自然環境，讓悲劇的歷史不斷重演」（林斯諺，2015：117）的反思，或如《雨夜莊》曾經發生的三屍命案、《冰鏡莊殺人事件》裡「瑞豐公路離奇車禍剖析」的報導、《假面殺機》中的「情人斷崖墜死意外」新聞，都在小說中以電視、報紙等媒體新聞報導的方式，作爲與謀殺事件的一種呼應，這些相對眞實的新聞事件，必然與即將發生或已經發生的案件，具有很高程度的關聯，進而促使作家透過偵探解決案件後，對台灣社會的再次回顧，非常具有林斯諺個人的創作風格特色。

二、「未來感」與不可能的犯罪

誠如既晴對台灣推理「新浪潮」的界義，源於網路世代的崛起，林斯諺的作品中，諸如《冰鏡莊殺人事件》、《馬雅任務》、《無名之女》等，都雜揉著創作當下的時空背景及條件，對未來世界的想像與探索，從對遠端遙控科技、無線網路應用，到神經訊號、記憶迴路的製造，或具象化爲「經驗機器」，或交纏著當時有關科技、哲學、心理學的繁複辯證，這種對「未來」的元素置入或攫取，甚至是必須取得外星人或者未來世界的科技才得以達成的答案（以及眞相），都開展出小說敘事的「未來感」。正因爲這樣的未來感，使得這些作品中的核心謎團，或說令人陷入極端迷惑與恐懼中的「不可能犯罪」得以成立，成爲小說創作中最爲突出的亮點。

不過，這種「未來感」書寫，事實上仍舊必須立基於「現實」，意即這樣的科技，必然存在一個既存於現世時空的「模型」與之對應；換言之，林斯諺並沒有讓他的推理小說，僅僅成爲科技日益精進的必然實現，甚或是天馬行空的科幻想像，他反其道而行地，讓這種未來感終將面臨「夢醒時分」。

由林斯諺其他相關的作品來解讀，《冰鏡莊殺人事件》中的「特殊設計」，仍然憑藉「已經是形式化的東西」（林斯諺，2009：316）、展現出「沒有什麼現代才有的道具或技法，甚至還有很多是極其傳統的東西，卻處處可見創意」（景翔，2014：6-7）的突破性；《馬雅任務》更加實驗性地，把全書泰半篇幅所營造的未來科技的想像與實踐，推回「眞實世界」，作爲對未知科技的諷刺、戲耍或反思；《無名之女》糾結於一種不可能出現在二十一世紀初的醫學科技的存在與否，焦慮於「外星科技」的可能／不可能。綜觀上述林斯諺的作品，都能看見他讓這些小說敘事的最終眞相，從對未來的想像，回歸現實的動能。

《雨夜送葬曲》中，也存在著某些不論以當時或現在的觀點來看，都頗爲匪夷所思的設定，但這些可能性的探索，卻始終是偵探推理陷入瓶頸之時，不曾消失的可能選項之一；換言之，這些看似荒謬的「自動化」或「科技化」，事實上也是文本內部進行的一種文體的突破與跨界——當偵探（或任何一個角色）掌握了未知科技或未來感的關鍵，所有的懸疑都將迎刃而解；反之，不可能犯罪就將穩固地成立。

也就是說，在林斯諺的小說中，「未來—不可能」、「眞實—可能」是不斷纏繞卻又穩固存在的對應邏輯，不可能的犯罪必須透過未來感的敘寫始能完成，再置放於眞實、可能發生的現實場域之中；換言之，每個眞相或犯罪手法之所以可以實現，正因未來感的失落，反向對應出當下、現時的觀察與呈顯，才是眞正的重點，對比想像中的未來感，現世的時間性探索和嘗試解答的意義，眞正體現了他的本土焦點，進而隱微地展現出他對「社會性」——社會問題、社會價值、社會正義的關懷。

綜觀而言，林斯諺與不少當時同期的創作者們，具有自覺地意圖透過本格復興之道，開創屬於台灣「本土」的推理書系，這和一九八〇至一九九〇年代本土推理的探索重點，雖有表現形式與手法的差異，卻沒有偏廢「台灣推理」的「在地化工程」或「本土性探索」，林斯諺的推理創作實踐，在這樣的徑路中，或許也能尋得另外一種詮釋的可能。

作者簡介／洪敘銘

文創聚落策展人、文學研究者與編輯。主理「托海爾：地方與經驗研究室」，著有台灣推理研究專書《從「在地」到「台灣」：論「本格復興」前台灣推理小說的地方想像與建構》、〈理論與實務的連結：地方研究論述之外的「後場」〉等作，研究興趣以台灣推理文學發展史、小說的在地性詮釋為主。

參考資料

杜鵑窩人。2006。〈另一種風格〉。《雨夜莊謀殺案》。台北：小知堂文化事業有限公司。頁11-12。

林斯諺。2006。《雨夜莊謀殺案》。台北：小知堂文化事業有限公司。

林斯諺。2009。《冰鏡莊殺人事件》。台北：皇冠文化出版有限公司。

林斯諺。2012。《無名之女》。台北：皇冠文化出版有限公司。

林斯諺。2013。《假面殺機》。台北：要有光出版社。

林斯諺。2014。《馬雅任務》。台北：要有光出版社。

林斯諺。2015。《雨夜送葬曲》。台北：要有光出版社。

林斯諺。2016。《霧影莊殺人事件》。台北：要有光出版社。

既晴。2004。〈台灣推理文學年表〉。《魔法妄想症》。台北：皇冠出版社。頁330-331。

既晴。2005。〈林斯諺與蛻變中的台灣推理〉。《尼羅河魅影之謎》。台北：小知堂文化事業有限公司。頁7-11。

陳國偉。2011。〈島田的孩子？東亞的萬次郎？──臺灣當代推理小說中的島田莊司系譜〉。《臺灣文學研究集刊》第十期。頁71-112。

陳國偉。2013。《越境與譯徑——當代台灣推理小說的身體翻譯與跨國生成》。台北：聯合文學出版社股份有限公司。

傅博。2004。〈台灣推理小說新里程碑之作——《錯置體》〉。《錯置體》。台北：大塊文化出版股份有限公司。頁267-272。

喬齊安。2014。〈台灣推理界的王建民，在世界最高殿堂所投出的第一球〉。《霧影莊殺人事件》。頁208-213。

景翔。2014。〈如魔術方塊般的精巧機關〉。《冰鏡莊殺人事件》。頁5-7。

完全修訂版作者序

本書原名《雨夜莊的慘劇》，二〇〇六年由小知堂文化出版。當時的編輯認爲「慘劇」聽起來太悽慘，不利商業行銷，因此建議更名爲《雨夜莊謀殺案》。後來本書絕版，於二〇一五年更換出版社，由秀威資訊再版。當時的編輯認爲「謀殺案」一詞可能會限縮受眾市場（二〇一五年的書市環境與二〇〇六年已經不同），建議改爲措辭較沒那麼強烈的「送葬曲」。

本書與《無名之女》並列爲我的長篇著作中最多人討論的二作，在二〇一〇年由北京出版社推出簡體版。然而，我也透過長久以來讀者的回饋得知作品仍存在不少缺失，一直希望能好好修訂再重新出版。

後來，這本書有幸受到美國密室推理小說權威及編輯John Pugmire的青睞，有意出版英文版。John利用亞馬遜的自費出版機制成立出版社Locked Room International (LRI)，專門出版世界各地的本格（主要是密室）推理小說，法國作家保羅・霍特、日本作家大阪圭吉、綾辻行人、有栖川有栖、我孫子武丸、鮎川哲也、東川篤哉等人都曾在這個書系推出英文版。

由於LRI是獨立的小型出版社，沒有資金聘請譯者，只好由我親自下海翻譯自己的小說，再由John進行潤稿。由於John本身就是研究推理小說的權威，提出許多專業修改意見，我照著他的意見進行修改，改幅達30%，故事變得更加完善。後來本書英文版於二〇一七年出版，迄今在國外推理迷間普遍獲得不錯的評價。可惜的是，當時我是就著英文稿子直接修改，所以中文稿子一直沒有做對應的修改。彼時曾跟秀威出版社談過要重新出版修訂版，出版社也同意了，但因我個人因素延宕至今。

在二〇二〇年的時候，本書售出了越南語版權，我意識到不能直接將舊版稿子交出，一定要以修訂版呈現，於是參照英文版將中文稿子做了修訂，以此修訂版本做爲越南方翻譯的原稿。而既然中文修訂版本已經完成，也就趁著此次機會推出中文新修版。

修改的方向包括：

（一）不合理之處以及大大小小的bug。這些都是從二〇〇六年出版以來從讀者收集到的意見。

（二）文字的修改。早期文筆比較不成熟，許多讀者反應讀了起雞皮疙瘩，又或是詞藻過於華麗不必要，因此在文字部分也進行刪改。如果讀過二〇一五至二〇一七年這段期間我出版的小說，應該都知道我針對早期作品文字上的修訂應該算成功。這本也比照辦理。

（三）刪除其中一個角色的故事線。這個角色在原版中涉及一個推理設計，但事後讀來顯得很刻意，是爲推理而推理的多餘設計，籌畫英文版時John建議刪除改寫。這個部分經過改寫後，故事變得更加流暢自然。

能把早期的作品做出比較完善的修改一直是我的目標。我最近幾年回頭觀看我的寫作生涯，覺得我出道太早了，大學時代就開始出書，很多時候有不錯的點子，卻沒有成熟的筆觸，因此一直試圖讓早期作品得到重新修改出版的機會。最早的長篇《尼羅河魅影》已經於二〇一六年再版時完成修改，後來幾部短篇集也都是在修改之後才出版。如今《雨夜送葬曲》能夠以修訂版面世，也算是了結一個心願。

目次

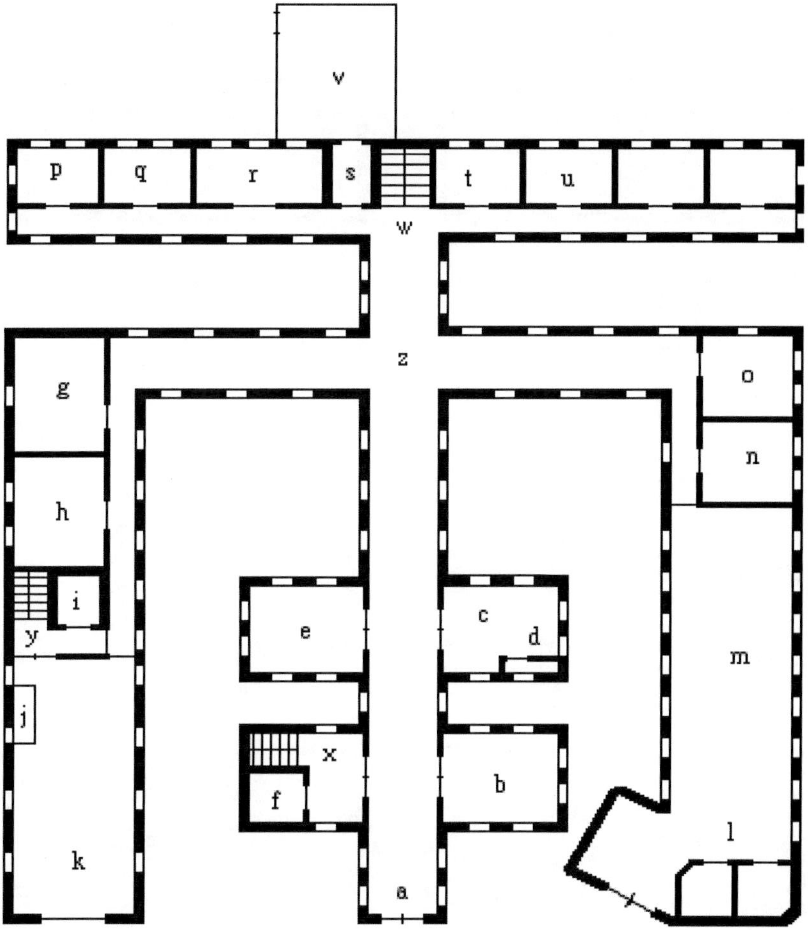

圖一　雨夜莊一樓平面圖

(a)玄關	(b)客廳	(c)餐廳	(d)廚房	(e)娛樂室
(f)空房	(g)影音室	(h)桌球室	(i)空房	(j)工作檯
(k)車庫	(l)浴室	(m)羽球場	(n)小書房	(o)琴房
(p)辛蒂的房間	(q)小如的房間	(r)傭人交誼廳	(s)更衣室	(t)洗衣房
(u)雜物室	(v)網球場	(w)北側樓梯	(x)南側樓梯	(y)西側樓梯
(z)十字走廊交點				

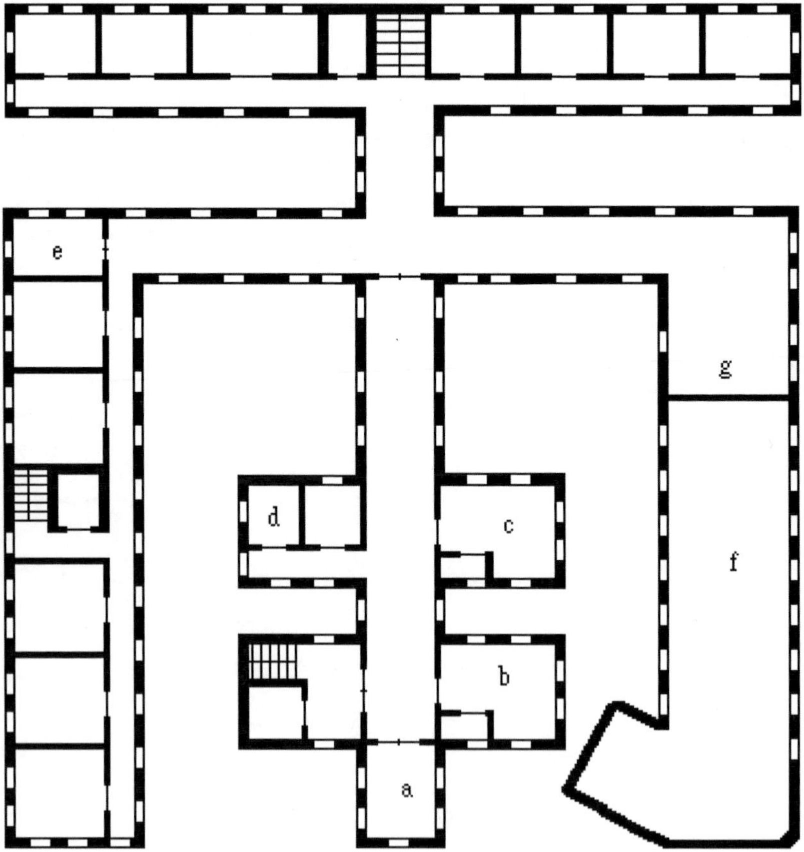

圖二　雨夜莊二樓平面圖

(a)書房　(b)白景夫夫婦的房間　(c)白鈺芸的房間　(d)舊影音室
(e)公共浴室　(f)挑高的空間　(g)陽台

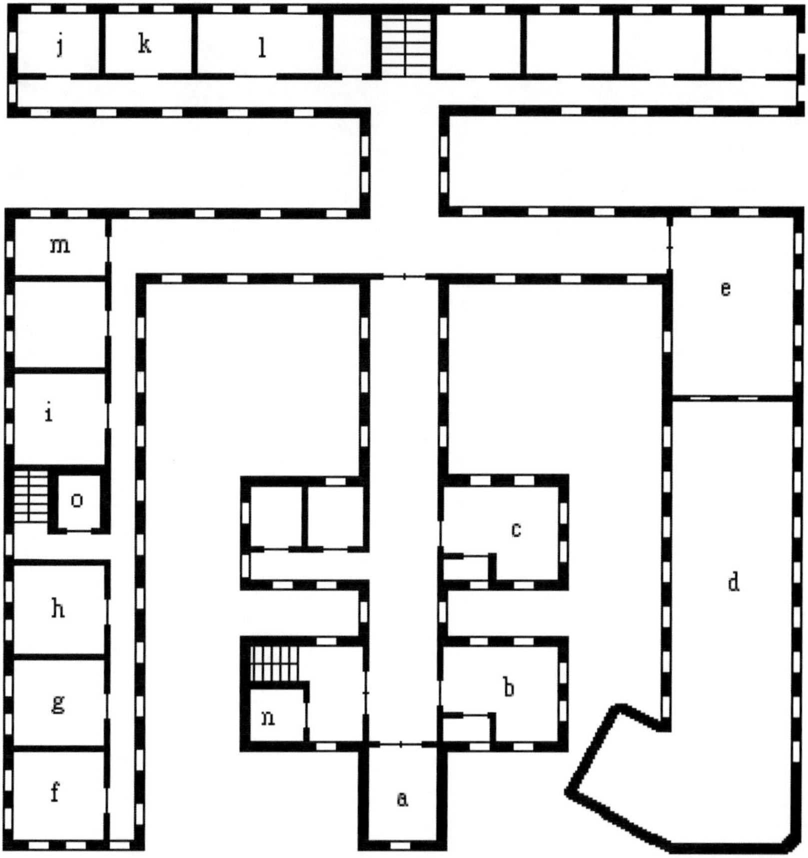

圖三　雨夜莊三樓平面圖

(a)白任澤的書房　(b)白任澤的房間　(c)白綾莎的房間　(d)挑高的空間　(e)圖書室
(f)柳芸歆的房間　(g)岳湘亞的房間　(h)言婷知的房間　(i)客房　(j)方承彥的房間
(k)徐秉昱的房間　(l)林若平的房間　(m)公共浴室　(n)空房　(o)空房

序章　黯色的開場

陰冷的雨夜。

小轎車在彎曲的山路上穿梭，車中坐著一男一女。

握著方向盤的男人沉默不語，專心地注視著前方。

一旁座位上的女人面容疲憊。

「非得要今天去拿嗎？」她用微弱的語氣問。

「綾莎說今天就要，我們恰巧經過這裡，不今天拿何時拿？」男人沒有改變眼神的方向，回答。

「你就是這樣把她寵壞了，」女人嘆口氣，「她才會無法無天。」

「你休息一下吧，今天應該也很累了。」

女人深知轉移話題是他最在行的伎倆，便嘆了第二口氣，闔上雙眼。

天色陰暗，沒有路燈的山路顯得十分險惡，猶如地獄中蜿蜒的黑蛇；濛濛細雨飄蕩，哀淒的眼淚，拍打在蒼茫的大地上。

這種天候下在山中行車，簡直是自殺行爲。但男人似乎不以爲意。

車行一段時間後，左前方突然出現一條岔路，在陰暗的光芒中，狀似毒蛇開叉的舌頭。男人旋轉方向盤將車駛離狹窄的公路，沿著岔路前行。閉著雙眼的女人點著頭打盹。

岔路沿著山腰環繞，陡然進入了一片被樹林圍繞的空地；前方出現幾點燈光，燈光襯托出背後龐大的黑影。

不停歇的雨打在車頂上，在靜謐的夜中如狂野的戰鼓。

男人拉起手煞車。一旁的女人從睡夢中驚醒。

就在他要轉動鑰匙熄掉引擎時，前方車頭燈照射範圍突然閃過一道人影。女人驚訝地低呼一聲。

人影站在車前僵立了一陣子，雙眼還不住地往車內瞧，但隨即如旋風般逃開，朝另一邊的空地跑去。

那是一名右手纏著繃帶的男子，穿著牛仔褲，上身罩著一件寬鬆的外套，兩條濃眉斜向鼻心，留著三分頭，四方臉，驚慌的五官皺褶在一起，好像看到什麼恐怖的事物，六神無主、不知所措。

人影逃向另一邊後，立即傳來引擎發動的聲音；幾秒後一輛車從男人的車窗外呼嘯而過，消失蹤影。

「那、那人是誰？」女人一臉疑惑與驚訝。

男人皺著眉頭摸摸下唇的鬍渣，答道：「我總覺得在哪裡見過面，好像是瑩涵的朋友。」

「既然是朋友，那麼慌張幹嘛？」

「不知道，進屋子看看吧。照理說鈺芸她們應該在才是，」說罷，男人拔出車鑰匙、推開車門。

「喂，你不用撐傘嗎？」女人慌忙從座位旁抽出一把紅傘，但男人不以為意地走向前方的燈光處。

這是一棟三層樓的龐大建築物，在夜空下猶如一隻蟄伏的黑色怪獸。

男人登上階梯，試了試玄關的門把。沒鎖。

他皺了皺眉，兩手將門往兩邊推開，進入屋內。

裡頭走廊的燈開著，是昏黃、帶著迷濛氣息的小夜燈，渲染著半暈眩、半詭祕的色彩。他向前走，在地板上踏出濕濡的鞋印。右手邊是一個大客廳，左手邊有一扇開啓的雙扇門，門的對面是上樓的階梯。

「你也先把鞋子弄乾再進去啊！這樣人家多難整理，」女人的聲音從玄關傳來，她正在弄乾鞋底。

男人望著地板，上頭有一排鞋印，混雜著泥土，向左手邊的樓梯而去，鞋印的主人似乎行走得很匆促。

他若有所思地回答女人：「我總覺得不太對勁。他們的房間是在二樓沒錯吧？」

「是二樓……喂！」

沒等女人說完，男人已逕自踏上階梯，並順手扭亮牆上的燈。

仍舊是昏黃的夜燈。

上了二樓，眼前是另一道敞開的雙扇門，地板上的髒鞋印穿過門，直行而去，越過黑暗的走廊。昏黃的燈光從前方一扇半掩的門透出。

正當男人要往前走時，他突然注意到右手邊地上，好像躺著什麼物體。

在上樓的樓梯旁緊鄰著一間房，房門緊閉，那物體就癱躺在門前。

男人的身體倏地僵直，嘴巴半開，卻吐不出任何話語。

一名長髮女孩雙眼圓睜、半伸舌頭，呈大字形仰躺在地板上；紅色長袖上衣被褪至胸部以上，露出白色胸罩與乳房；黑色運動褲與內褲則被棄置在一旁，下體一絲不掛。男人將視線移開，卻看到一條長線——應該是釣魚線——如毒蛇般纏繞在女孩的脖頸。

「他們不在嗎？咦……？」

尾隨而上的女人在看到地板上的慘狀後放聲大叫，向後縮成一團蹲伏在樓梯平台，兩手緊緊抱著胸口，以斷斷續續的嗓音說：「那、那是……」

「先下樓到客廳，趕快報警！之後就待在那裡，不要隨便走動！」

女人跌跌撞撞地下了樓。

男人快速地檢視了女孩的屍體，確定她已經死透，接著急促地通過雙扇門，經過走廊，推開前方半掩的房門。

房裡開的仍舊是小夜燈，整個房間猶如灑上一層金粉，閃著瑩黃的光芒；房內布置華麗，不但有高大的衣櫃、音響套組與電視，進門右手邊還附有一間典雅的浴室；但兩具格格不入的人體，卻爲整幅畫渲染上詭異的色調。

門的正對面是一張大型雙人床，在凌亂的被褥上躺著一名全裸的女人，右手擱在腹部上，左手呈く字形向左癱展；突出的雙眼好似看到了什麼驚悚恐怖的景象。她的頸部一圈瘀血，猶如剛從絞刑架放下的屍體。

就在床左邊的地板，另一具大字形的軀體仰躺其上。那男人身穿外出的風衣與長褲，皮鞋底部十分髒污，在房間地板上留下了一排鞋印；扭曲的五官破碎、糊成一團，令人辨識不出面容；後腦交接地板處流溢出一片血泊，混雜著腦漿。

床腳處，一把小斧頭靜靜躺著，斧面滿是血污。

男人抑制著作嘔的衝動，向後退出房間，同時注意不破壞死者留下的鞋印。

「老公！他們……還、還在嗎？」女人的聲音從樓梯間傳出，顫抖，恐懼。

男人轉頭，用著冷靜卻沙啞的嗓音回答。

「他們都死了。」

第一部　合鳴

第一章　漂泊靈魂群

理智不斷於大腦中搜尋過往經驗，找出辨認的依據，就在我意會過來那物體的整體輪廓時，整個人像被巨大的力量擊中般向後跌靠在牆上。

我喘氣，幾乎要暈眩過去。

那是一顆女人的頭顱。

（一）二月十日，十五點四十分

南橫公路上雨勢滂沱，一股震懾人心的陰冷盤旋在空氣中。

窗外的雨好像有增大的趨勢，若平小心翼翼地注意著路況，一邊打著方向盤；經過祭祀南橫公路殉職員工的天池後，已經行駛了好一段路了。

「注意一塊油漆剝落的紅色指標牌，左轉進那條岔路後一直前進，你就會到達雨夜莊。」

若平心中一直惦記著這條指示，減緩車速。就在他轉過一個陡峭山壁旁的急彎時，車後突然發出轟隆一聲巨響，大地為之撼動。若平從駕駛座轉身一看，眼前景象令他驚愕不已。

顯然是山壁上落下幾顆巨石，擊毀並阻塞了身後的公路，整個急彎處亂成一團，被壓毀的欄杆旁還不斷有碎石滑落的聲響。只剩下半個頭的「注意落石」警告標誌從亂石堆中冒出來，紅色的牌示與灰黃的石土形成強烈對比。從天而降的雨水，持續敲打著這幅頹圮的畫面。

他呆視了半晌，才突然警覺到自己停留的地方也很危險，趕緊踩下油門繼續前進。

半晌之後，前方一道看起來搖搖欲墜的紅色告示牌向後癱靠在一座巨石上；牌子本身的文字已剝落斑駁，完全看不出寫些什麼；一道道水流從牌面向下滴流。

應該就是這裡了。若平暗忖。他將車駛入告示牌方向的岔路，持續緩慢前行。這一條路深入半山腰，兩旁出現許多林木，但在昏暗的天候下顯得晦澀不明，猶如伺機而動的妖魅。道路本身則是混雜著亂草與小石塊的小徑，從草的分布與壓輾狀態隱約看得出常有汽車出入。

小路在林中微幅度蜿蜒了一段距離後，突然豁然開朗，進入一片開闊的空地。

若平將車開入空地，雙眼直勾勾地前望，被眼前的景象震懾住。

眼前是一棟龐大建築物的正面，整體呈現鉛灰色，配上飄蕩的細雨，宛若一隻掉淚的野獸；從正面望過去，左手邊一扇緊閉的鐵門，看起來像車庫的入口；車庫與玄關之間並未相連，以一小片空地相隔；至於玄關右手邊的旁枝建築則開著一道斜向的雙扇門，看起來像球場入口。

這就是雨夜莊。一棟從上方鳥瞰下來呈現「雨」字型的奇特建築，玄關正是位在雨字中間那一豎的底部；車庫門位在左豎底部，像球場入口的門則位在右豎底部勾起之處。

換句話說，他此刻正面朝一個立體、放倒的「雨」字。

竟然有人會在深山內蓋這種奇怪的別墅，實在令人匪夷所思；或許這就是有錢人的特權吧！雨夜莊的前任主人白景夫是有名的企業家，據說這棟建築物是爲了要給他年邁、半身不遂的父親養老而建造的；也有人說是他自己養老用的。後來他們全家遷移進去不久後其父遽逝，目前宅邸的主要居住者是白景夫的弟弟與其女兒，頂多再加上幾個傭人。

正當若平猶疑該把車停在何處時，左手邊的車庫門突然緩緩上升，玄關的雙扇門向內開啓，一名中年男子出現，對若平點了點頭，並用右手頻頻指著車庫的方向，示意若平將車駛入。

將方向盤往左一旋，油門一踩，那輛老爸送給他的福特車俐落地飛進怪物建築的左翼。

裡頭空間之大令人咋舌。最裡頭已並排停了兩輛車，左邊賓士，右邊裕隆。若平將車駛入第二列停車格的最左側，然後熄火。

踏在堅硬的水泥地上，他環視了整個停車場。

九個停車格，三三成列。

天花板亮著黃色的燈，黃色光線與窗外洩入的白光互相交雜，形成若明若暗的光景；現在天色不算完全陰暗，因此車庫中一景一物看得還算清楚。若平打量著裡頭的一切。

在車庫的盡頭有兩扇門，左邊是棕色的雙扇門，此刻緊閉；右邊有一小扇紅色門扉，上頭掛著月曆。在雙扇門的左側牆角前有一座工具櫃兼矮桌，上頭放滿各種修理器材、各類工具以及一些雜物。

突然，右邊的紅色門扉開啓，方才站在玄關指示若平的人從門後現身，踏入停車場。

車庫門自動關上後，男子走上前來對若平伸出右手，露出友善、和藹的笑容，「你好，林若平先生，我是白任澤。」

中年男子的手結實有力，手掌上的繭刮滑過若平的皮膚，給人一種歷經風雨之感；白任澤五官分明，眼神慧黠，面容沉穩，黑白相間的頭髮梳理得有條不紊。他穿著一件灰色格子襯衫配上黑色長褲，看起來風度翩翩。

他是白景夫的弟弟，在南部某間大學教授英美文學。白任澤擁有美國比較文學的博士學位，在國內因研究文學理論而出名。若平記得年輕時曾應朋友邀請去聽過白教授的一次演講，那時就對這位飽讀詩書的博學之士印象深刻。除了學術研究外，白任澤也是很有影響力的知識份子，時常在報章媒體發表時事評論。

不過這名看起來生長在啓蒙時代的學者，臉色有些陰鬱，那開始被皺紋侵襲的臉龐中似乎隱藏著什麼，眼眸中露出不安、躁動的因子。那些詭異因子在與若平四目相接時即消失無蹤。

「沒想到今天天氣會變這麼差，」白任澤微微低頭道歉：「麻煩你大老遠趕過來，眞的相當不好意思，也非常感激。」

「別介意，能夠有一段在風雨中的山路行車之經驗，相當難得；若非如此，我還沒有機會親眼目睹落石擊毀公路的現場實況呢！」

「落石擊毀公路？」白任澤一臉驚訝。

「嗯，到雨夜莊的前一段路，有一個急彎處發生落石墜落，好險我命大逃過一劫。」

「眞是太抱歉了！我一定要好好款待你，彌補一下這惱人的天氣所造成的禍害！請跟我來。」

若平隨即跟著教授穿越紅色小門，來到一條長廊上。

左手邊是一排房間，右手邊則是一排窗戶，窗簾皆未拉上；大概是外頭天色未完全轉暗，因此窗戶上邊的燈尚未點亮。雨水拍打在窗面上，模糊了視線，外頭一片混沌不清。

「這間是桌球室，再前面那間是影音室，」白任澤邊領路邊指著進門後左手邊第二、三間房，「待在這裡的期間你可以隨意使用這些房間，不必見外。我想你的調查應該得花上兩三天，甚至更久吧！」

「當然，那得看情況，」若平含糊地應道，「對了，車庫裡那兩台車都是白家的資產嗎？」

「啊，那個，」教授向右轉了個彎，進入另一條走廊，「那輛裕隆是小女的朋友開過來的，我好像忘了跟你說，綾莎的一些同學要過來住幾天，應該沒有影響吧？」

「不不，怎麼會呢？是因爲放寒假的緣故，過來雨夜莊遊玩嗎？」

「是的，」白任澤停在兩條走廊的十字交叉點上，比畫道：「左手邊過去是傭人房以及洗衣房，還有上樓的樓梯；直走可通練琴室還有羽球場的後邊入口；右轉則是餐廳、客廳還有玄關。我們先到客廳坐坐吧，綾莎的朋友好像都在那裡，大家就先互相認識一下，免得見了面叫不出名字來。」

「好的。」

右轉拐入另一條長廊，左右兩邊各出現一道雙扇門；由於房門並未緊閉，很容易可以看出來房間的功用。右邊是娛樂室，裡頭有撞球桌、牌桌、鋼琴；左邊是餐廳，一張長方形大餐桌雄偉地盤踞在房室中央；餐廳角落有個小隔間，應該是廚房。

依雨夜莊的建築結構來看，娛樂室以及餐廳都是從「雨」字中間的骨幹所延伸出來的旁枝建築，也就是「雨」字內四點雨的其中兩點。在走廊的更前方，左右兩邊應該各還有一間大廳房，結構、空間與娛樂室、餐廳相同。

「對了，」白任澤突然轉過頭來，對著若平小聲耳語：「我會把你的來意解釋爲與我一同討論一些學術論文，我想沒有必要讓他們知道你來的眞正目的，就連綾莎我也還沒跟她說。」

「沒問題。」

「至於正事，我們就晚餐後再到我書房談了。」

「一切由你安排，我無所謂。」

又向前走了幾步，白任澤指著左手邊的大廳，說：「客廳在這裡。」

客廳的雙扇門是大大敞開的，裡頭是一個相當寬敞的空間。客廳對面是一道緊閉的門扉，而玄關就在他的面前，一旁設置著衣櫃與鞋櫃。此刻玄關大門當然是緊緊關上的。不知爲何，緊閉的門扉一直令他聯想起方才墜落的大石塊以及被封閉的道路；這些畫面帶來強烈的壓迫感，兜住他的心頭，很不暢快。

就在白任澤前腳踏入客廳、若平後腳跟進時，寬闊的廳堂裡突然傳出男人的暴吼聲與女人的尖叫聲。若平的心中升起強烈的、不祥的預感。

（二）二月十日，十六點

「你確定這棟房子不會鬧鬼？綾莎？」

徐秉昱叼著一根未點燃的菸，翹著腳坐在沙發上，兩手交抱胸前，眼神銳利地盯視著她，拋出了這個問題。

綾莎搖搖頭，「我要說多少次？沒有。」

「你就別再問了吧，這種事値得問那麼多遍嗎？你很沒禮貌耶！」方承彥不耐煩地揮了揮手。

下午四點的天色因爲風雨而混沌不明，綾莎默默地環視了雨夜莊一樓大廳中群集的這一群人，沐浴在昏暗的氛圍中，好似被放逐孤島的囚犯們；桌上擺著幾副杯碟，漾著棕色液體。那是咖啡。

「抱歉，我不會再問這個問題了……綾莎，你不會介意吧？」徐秉昱咬著菸，咧嘴問道。

「只要你別再問。」她看著眼前那有著一頭金髮、抹了一堆髮膠的男子。徐秉昱是出了名的花花大少，成天時間只花在打扮自己與泡妞上；聽說他每天早上都要對著鏡子打扮個一小時以上才肯出門。不久前這公子哥兒故意甩掉一名痴心的女孩，以證明他的身價，更是爲自己惹來一身惡名昭彰。

「這種風雨……常見嗎？」像是對徐秉昱的無聊感到不屑的樣子，方承彥拿起杯子，啜了口咖啡，問。

「這是我搬來此處後遇到最激烈的一場，不過待在這裡，應該是很安全，」她邊撥弄著耳際的長髮，邊回答。

「氣象報告又做出相反預測了，看來以後要反其道而行。」也不管別人領不領會他的幽默，方承彥自顧自地笑了起來。

綾莎對這男孩沒什麼特別感覺，只覺得他是名五官清秀，看起來有些執著的人；眉宇之間似乎總隱藏著什麼，令人捉摸不透。此刻的他穿著運動連帽外套，深陷在沙發中，目無焦點，恐怕是因爲沒人理會他的笑話。

「另外那位大小姐和她的僕人怎麼還沒下來？」徐秉昱把菸扔進煙灰缸內，重新又拿了一根。

「不知道，沒看到她們。」方承彥搖搖頭。

「綾莎，你知道嗎？」

她重複方承彥的動作。

「喂，你幹嘛那麼在意那名大小姐的行蹤？」方承彥把陶瓷杯放進碟子裡，問道。

「要你管，你管好你的岳小姐就好，」花花公子以挑釁的口吻回覆。方承彥從沙發中坐起來，瞪了他一眼，拳頭緊握。

「你們兩個！不要這麼胡鬧好不好！」綾莎看不下去了，爲什麼男人總喜歡玩這種無聊的遊戲？雖然他們兩人平日便常針鋒相對，但還不曾拳腳相向。

「抱歉，」徐秉昱對綾莎露出笑容，點燃了香菸，然後吐了個形狀優美的菸圈，再繼續保持他那方微笑。

「這裡禁菸，我要說多少次？」外頭的大雨再加上眼前兩個男人，她開始覺得累了。

就在徐秉昱不情願地捻熄香菸時，走廊傳來腳步聲。花花公子下巴一抬，雙眼一亮，直勾勾地凝視著客廳的入口，嘴角漾出了笑意。

柳芸歆高瘦的身影出現，她穿著紅色毛衣與黑色長裙，胸前垂掛銀色的月形項鍊；瘦削的臉龐勾勒出冷冷的稜角，眉宇橫陳一股高傲；一頭短髮配上艷冷的眼神，長相雖不特別美麗突出，卻也別有一番魅力。

「你們都在啊，我剛剛與小亞在整理行李，」柳芸歆一邊說一邊踏著台步進入客廳，很有自信全場的目光都在她的身上；腳上的高級涼鞋敲在地板上的聲音十分響亮，與涼鞋顏色形成強烈對比的是那腳趾上瘋狂冶艷的深紅。

好一幅火紅的景象！綾莎心想。

隨著柳芸歆的進場，一道嬌小的身影泛出，亦步亦趨地跟隨在女王的身後。

那是岳湘亞。綾莎心中不禁升起對這同班同學的惋惜。岳湘亞小巧精緻的五官與身形讓她看起來就像一具從百貨公司玩具專櫃逃出的洋娃娃；一頭長髮在身後紮成馬尾，舉止柔順嬌羞。此刻的她穿著樸素的上裝與長褲，避開眾人的目光，在柳芸歆身邊坐下。

「你們的房間在哪裡？」徐秉昱用食指與中指夾著一根新的菸，帶著意味深遠的微笑問道。

「三樓，跟你們一樣，」柳芸歆的語氣很冰冷，眼神射向方承彥；後者不自在地挪動沙發中的身子，眼珠骨碌碌盯著岳湘亞。

洋娃娃低頭看著地板，不發一語。

「你們有咖啡，我爲什麼沒有？」柳芸歆皺著眉頭瞪視著桌上的杯碟，「小亞，你去幫我拿一杯來？」

「要、要去哪邊拿？」岳湘亞的聲音細碎無力，但態度卻畢恭畢敬。

「這麼簡單的問題也要問我？」

「我去幫你弄一杯來，」綾莎站起身，感到大腿發僵，「用不著發這麼大的脾氣，」她刻意眼神冰冷，希望能刺痛那傲慢的女人，但柳芸歆只是以同樣冰冷的目光回敬，補上一句：「那就麻煩你了，大小姐。」

綾莎頭也不回地走出客廳。她朝廚房的方向走去，招呼裡頭一名皮膚黝黑、雙眼明亮、留著一頭捲髮的女孩，要她再泡兩杯熱咖啡。

「我自己拿去就好，」綾莎說，「你先去忙別的事。」

女傭乖巧地點頭，便再退入廚房內。

那是白家聘請的印傭，名叫辛蒂，十分乖巧聽話，從來不抱怨。看到辛蒂讓綾莎想到順從的湘亞，但她們兩人是如此地不同！辛蒂是任勞任怨地工作，用心十足，甚至還會一邊哼著印尼歌謠一邊洗菜，就算心情上有不如意，也會隱瞞不讓雇主知情；但屈服在柳芸歆身邊的湘亞，不但心不在焉、精神渙散，還一臉愁鬱，常做錯事挨罵。

端著碟子的綾莎沿著走廊步回客廳，始終不能明白為何那名可愛的女孩要屈身於那名霸道女子的身旁。這正是所有人都猜不透的謎。

客廳中，柳芸歆兩手交抱胸前，頭偏向一邊；坐在她對面的方承彥把頭偏向另一邊，右手抵在下巴處撫摸；岳湘亞仍舊一臉無辜地坐著；徐秉昱持續吐著無人欣賞的菸圈，持續微笑。

怎麼會這樣？這一團亂的局面是綾莎始料未及的；當初只邀岳湘亞，但如今……

綾莎將咖啡放在柳芸歆面前，坐了下來；後者看也不看她一眼便端起碟子拿起杯子猛灌。

「啊！」喝咖啡的女人雙手一鬆，杯碟一瞬間落下，掉在地板上，「燙死我了！」柳芸歆一躍而起，想躲避濺出的液體，卻因動作太猛烈而撞上矮桌；同一時間方承彥噗哧一聲，柳芸歆雙眼頓時像點燃的火把，咬牙切齒。

這時客廳外的走廊突然傳來有人說話的聲音，其中一人，綾莎認得出來，是爸爸，至於另一人……

「你再笑啊，你這個男人，」柳芸歆站了起來，炮口朝向方承彥，「你老早就看我不順眼對不對？那好，我們今天就來結清！」

方承彥臉色一變，也從沙發中站起身，高抬下巴。綾莎發現他們兩人的身高竟然差不多，大概都是一百六十五公分左右。

「你這個只會欺負人的女人，有什麼立場跟我說話？」方承彥眼神冷得可怕，綾莎心中一陣涼，她從來沒看過那種不顧一切的眼神，她對自己的同學了解太少了……

「你……」柳芸歆青筋曝露。

方承彥聞風不動，嘴巴繼續鼓動：「你只會奴役小亞，只會利用她，其實你根本是妒嫉她的美貌與才華！你那狂妄的自大不過是極度自卑下的產物！」

「你鬧夠了沒！」

在柳芸歆尖叫的同時，徐秉昱突然這麼一聲狂吼，方承彥似乎被突如其來的狂暴震懾住，用憤怒兼帶驚愕的眼神注視著花花公子；一旁的岳湘亞露出惶恐的面容，不知所措地環視著一觸即發的三人。

就在綾莎站起身欲開口怒斥這群沒有禮貌的客人時……

「各位！我來介紹……發生什麼事了？」

聽到這熟悉的聲音，綾莎鬆了一口氣，將整個人再度拋進鬆軟的沙發中。

(三) 二月十日，十六點二十分

就在若平隨教授進入客廳時，他看見裡頭有五個年輕人。

有兩個人是站立的：一名短髮、穿著火紅的高瘦女子與一名五官細緻清秀、眉宇深鎖的年輕人。前者緊緊盯視著後者，像要一口把他吃掉；後者卻連理都沒理，把頭偏向另一邊，怒目看著另一名坐在沙發上的抽菸男子。

有三個人的眼神是憤怒的：除了火紅女子與清秀男子外，那抽菸的男人回敬站立男子的神色也令人感到悚然。他那根夾在唇間的香菸仍不斷升起裊裊的有毒氣體，繚繞在室內；他帶著怒氣的雙眼掩蓋在金色過額的頭髮間。

有兩個人是坐在沙發上的：一名長髮飄逸、氣質古典的白皮膚女孩；一名臉蛋小巧纖緻、看似粉嫩柔滑的女孩。

「你們……究竟發生了什麼事？」白任澤這句話，責備的意味多於詢問。「這裡禁菸！」

「抱歉，」三名眼神憤怒的人不約而同地吐出這兩個字，然後頭各自偏向不同的方向，其中兩人重重地坐下，第三人則捻熄了菸。

「爸，沒什麼，不用擔心，」長髮女孩站起身面對白任澤，擠出一絲笑容，「同學們每天例行性的拌拌嘴而已……過來坐吧，這位是……？」女孩微微點頭致意。若平也點頭回禮。

「噢，這位，」白任澤咳了一聲，「我來替你們介紹，這是我以前的學生，名叫林若平，現在於台灣東部某所大學任教；趁著寒假期間，他來與我討論他最近在撰寫的一篇論文，那是關於文學價值的研究……總之他會來住個幾天，算是我們的貴賓，在屋裡見到面記得打聲招呼。」

若平不曉得在場到底有多少人在聽，沒有一個人的眼神是對著他的。

「請坐吧，我去幫你弄杯咖啡來，」白任澤拍拍若平的肩膀，然後對綾莎說：「你替林教授介紹一下大家。」說完便出客廳去了。

若平在白綾莎身旁落座，後者開始一一介紹在場成員。

「這位染金髮、一臉頹廢但帥氣的是徐秉昱，他是我們班上最有女人緣的，而且吐菸圈的技術一流；旁邊那位看起來有點憂鬱的是方承彥，這次就是他開車載同學們過來的，他是個很有浪漫情懷的人……」

兩位男性一聽到女孩突如其來的稱讚，眉心在一瞬間卸下不少怒氣，表情緩和了下來。

「再過去那位時髦的小姐是柳芸歆，她對化妝品懂得很多；她身邊是岳湘亞，音樂才華一流，彈得一手好鋼琴……啊，我差點忘了，還有一位言婷知因不舒服在房內休息……我們都是同班同學，是外文系四年級生，今年就要畢業了，」她看著若平，表示介紹完畢。「對了……您是哪個科系的教授？」

「我是哲學系助理教授。」

這時，白任澤端著那杯遲來的咖啡進來。

「謝謝，」若平接過碟子，「眞是不好意思，還麻煩您。」

「不要客氣，這本來就是應該的，」白任澤露出微笑，做了個離去的手勢，「晚飯六點開始，餐廳就在客廳隔壁，我有事先上樓了，房內的設施隨你們用，不用客氣……綾莎，你們聊一下，之後再帶若平到三樓大房間去。那我先失陪了。」

白任澤一離去後，徐秉昱立刻從沙發站起，不屑地啐了一聲，兩手插著口袋走出客廳。

柳芸歆盯著徐秉昱離去的身影，一臉冰冷；她不發一語地站起身，重重踩著地板離開客廳，身後跟著像隻小兔子的岳湘亞。方承彥也隨後離去。

若平啜著咖啡，看著眼前的窗戶；兩旁垂下的粉紅色窗簾相當賞心悅目，紋路之美麗讓他忘了外頭颳著風雨。客廳的三面牆壁各嵌有兩扇窗戶，窗簾樣式一致。

「你找同學們過來玩，還是他們要求過來的？」若平問。

白綾莎停頓了一下，說：「其實我一開始只找岳湘亞，就是長得很像洋娃娃那女生；但不知怎地，其他人就一窩蜂跟過來了，我也不好推辭；反正雨夜莊這麼大，多來幾個人也無所謂，所以就變成今天這種局面了。」

「你跟岳湘亞交情不錯？」

「嗯……」女孩偏著頭細想，「應該說是她在音樂課的期末考幫了我一個大忙，我為了感謝她，邀她寒假來雨夜莊過夜；這件事被其他人知道後，就……」她露出個無可奈何的微笑。

也許是因爲父親是文學教授的緣故，白綾莎也沾染了濃濃的書卷氣息，但絕非那種學究、死板的感覺，而是優雅、溫柔婉約的氣質。然而，柔媚的外表卻透散著不輕易屈服的堅強。

「其實你跟那些同學，交情並不深吧？」

白綾莎似乎猶豫著要不要回答這個問題，不過最後她還是說：「的確如此，我想他們大概對雨夜莊很有興趣吧，畢竟這麼奇特的建築的確是很少見。」

「會那麼單純嗎？」

「我不想想太多，想了，也不會知道答案，」她的聲音帶著些微的陰鬱感。

若平暗想，一年前那件事在她心頭所形成的陰影應該尚未散去，發生那樣的事，誰會不受影響呢……

「噢，對了，客廳門外那扇雙扇門，通往哪裡？」他提出方才就在心中滋生的疑問。

「那扇門後有上樓的樓梯，但因二樓發生過『那件事』，所以現在連我爸都不從那裡上下樓；二樓那一區塊已經很久沒人進出了……不過雙扇門以及二樓進出那一區塊的另一扇門本身並未上鎖；我的朋友們決定要來後，父親怕他們誤入，才把兩扇門鎖上。」

「未鎖前連傭人也不進去？」

「嗯，我爸說沒必要，所以二樓前段那部分四個房間，等於是成爲這棟房子的『遺跡』。」

「原來如此，」他點點頭。此時，杯中的咖啡空了，外頭的風雨卻仍未停歇。雨打在窗戶上的聲響分外空洞，空氣彷彿凝滯了。

一年前在此地二樓的三屍命案……

照白綾莎的說法，雨夜莊二樓前段應該也封閉快一年了，就如同沉在深海中永不見天日的幽靈船；光是這番揣想，一陣陰冷便爬上他的脊樑。

就在女孩似也陷入沉思的當兒，從若平的上方——也就是那被封閉的禁忌之地，傳來了奇怪的聲響……聽起來像是腳步移動的聲音，只有輕輕的兩三聲。

他全身悚然，用難以置信的眼神盯著女孩；白綾莎卻渾然未覺，仍低著頭思考。

「剛才二樓有腳步聲，」若平打破沉寂，「你有聽到嗎？」

對方像被響雷嚇著似地抬起頭，好像一時意會不過來若平話裡的含意；那一對澄亮的眼眸交織著訝異與懼怕，緊緊地回盯著他。

（四）二月十日，十六點四十分

「那該死的傢伙！」

方承彥暗暗低聲咒罵，背向後靠在關起的門上。

這裡是他的房間，行李丟在床邊，床鋪仍整潔未有睡痕。

他的房間位於雨夜莊三樓西北角落，西側一扇窗，北側兩扇窗，此刻窗簾都是拉上的。門邊角落的隔間是浴室。聽綾莎說每一間客房都附有衛浴設備，相當方便，而且每一張床都是雙人床，這種房間確實是只有有錢人家才負擔得起的奢華。

房裡亮著昏黃的燈。事實上雨夜莊到處都是昏黃的燈，這可能是前任主人的癖好。他並不十分在意。好不容易來到這裡，卻碰上晦氣的人事物，令人心中不快。

當他知道湘亞受綾莎邀約時，心中便萌生來到雨夜莊的念頭；但只有自己自願同行又顯得相當奇怪；當無意中透露這消息給徐秉昱時，他表示可以一起去；另一方面，湘亞欲到雨夜莊之事怎麼可能瞞得過柳芸歆？那控制欲極強的女人當然會反客爲主，如影隨形地跟著。

心中思慕湘亞已久，私下邀她幾次都被委婉拒絕；這次的難得機會，可以與她一同在同一屋簷下住個幾天，運氣好的話還有機會更進一步……

雖然說雨夜莊在一年前發生過殺人命案，班上許多同學對綾莎投以畏懼的眼光，認爲家裡發生過那種事，恐怕心理也會受影響而不正常吧？連帶地也不曾有聽過誰到雨夜莊遊玩。到同學家玩應該是一件再平常不過的事，但就連綾莎的好友，也沒有踏進過雨夜莊一步。對綾莎這女孩而言，應該算是很悲哀的一件事，但她心智似乎夠成熟，至少目前看不出對其有嚴重影響。

這不重要，也不妨礙到他的計畫；只要能跟湘亞住在同一棟房子，其他都是其次，他才不相信什麼發生過兇案的房子會被詛咒，那跟他沒關係。雖然一位朋友聽到他要去雨夜莊過夜的事後，極力警告他，說什麼那房子會有「髒東西」，笑話！那傢伙平日就愛研究什麼碟仙筆仙，還常看一些無聊至極的恐怖片，會說出這種不入流的見解也不值得大驚小怪。

承彥離開門邊，進到浴室裡，洗了把臉，感到清爽許多。接著他坐在床沿，托著腮繼續思考。

徐秉昱那傢伙，說要與他一起同行，表面上看起來好像是給他方便，其實還不是爲了自私的目的。連三歲小孩都看得出來，那傢伙的目的是柳芸歆那高傲的女人。

徐秉昱這個花花大少，腦中只有性。對承彥而言，徐秉昱那種有性無愛的人根本是人渣一個。肢體接觸這麼神聖的事，豈是隨便一隻阿貓阿狗就能跟自己分享？非得將第一次獻給自己最鍾愛的人不可。愛情豈能抱遊戲心態來看待？

承彥彎下腰，鬆開背包拉鍊，從裡頭拿出一本簿子；他小心翼翼打開它。綠色封皮的筆記本封面交錯著翠綠的樹葉圖案，有著清新暢然的格調；他翻開了第一頁。

上頭貼著一張照片。他與湘亞一同站在以海爲背景的涼亭欄杆前，對著鏡頭展著笑顏；女孩穿著輕便的運動服與球鞋，看起來十分陽光。那是在大二升上大三的暑假，班上三五好友一同前往墾丁國家公園出遊時，他很幸運搶到機會與湘亞的唯一一張合照。

拿這張照片來當開場，眞是再適合不過。

他繼續往後翻頁。

筆記本中貼滿照片，主角全數爲湘亞；上課中專心聽講的湘亞、校園一角的湘亞、掩著嘴巴優雅地笑著的湘亞、旅行中的湘亞、班上聚會正在吃著東西的湘亞……

這些照片，大部分來自同學的網路相簿，也有來自他花了大量心血偷拍得來的；收集照片的第一天，也就是他見到岳湘亞的第一天。偷拍是很危險的事，他不敢太明目張膽，因此爲數不多。

那名猶如從童話故事中走出來的女孩……他無法想像世界上存在著長相這麼脫離現實的女人，她的輪廓就如喝醉的藝術家一手創造出來的作品，面容與清純的洋娃娃如出一轍，配上小巧細緻的身形，簡直不是現實世界的產物……

承彥想起台灣終戰前時期的作家翁鬧，筆下一篇代表作〈天亮前的戀愛故事〉中男主角對女性的描述，完全貼合了他對湘亞的思慕。

如今，他一邊等待最佳時機一邊醞釀情感，機會來了他就會行動……

他會幫她從惡夢中解脫出來，從柳芸歆的魔掌中解放出來……

說到柳芸歆這女人，究竟握有湘亞什麼把柄？三個月前她們兩人根本沒有來往，但湘亞卻突然變成柳芸歆的跟班——不，僕人；對她唯命是從，不敢吭聲。一定有問題，但連他都調查不出來。

他不能看自己心愛的人忍受折磨，卻束手無策；所以決定讓她解放，讓她離開那跋扈的女人。

不過像剛才，柳芸歆對湘亞的態度已經讓他忍無可忍，若不是徐秉昱又在場，他可能會先給柳芸歆一頓拳腳，但爲了不搞砸事情，必須忍。

承彥闔起相簿，放回背包，接著往後一躺。

想到徐秉昱便覺得不舒服，他們倆不算熟，但也有點來往；徐秉昱這個人，有時跟你很要好，但有時又不留情面，跟你作對，讓他捉摸不出他倆之間的友誼關係。但承彥現在看得比較清楚了，徐秉昱的友誼是奠基在利益上，當你與他利益相衝時，友誼便不存在，如此簡單的道理，他卻時常看不清；有可能是他被徐秉昱那股由長相衍生出來的自信給迷惑了……

總之，希望那傢伙不要礙事才好，最好是不要與他起衝突。現在的情況下，多一個朋友少一個敵人會對自己計畫進展較有幫助。

注視著天花板灑下的燈光，承彥感到有點疲累；今天是他開車載同學們過來的；在學校集合後，一路往雨夜莊前進，一直到現在他都沒有好好休息。

距離晚飯時間還有將近一個半小時，他應該要好好檢視一遍他的計畫，不能出錯……

他站起身，走向窗邊，外頭灰濛濛的一片，什麼也看不清；這時他突然想起等一下要去跟白教授拿的片子。

那是一部驚悚片，他一向喜歡看融合愛情元素的驚悚片。在那部影片中，男主角愛上一名女孩，卻找不到機會與她深入相處；後來他們三五好友約到一個洞穴探險過夜，男主角為了抓住機會，一時興起封閉了洞穴入口，想永遠跟他心儀的女孩在一起；沒想到這件事被其他同伴發現之後，他們起了嚴重衝突，男主角殺光了其他人，最後自己卻也死於憤怒的心儀女孩之手……整部片瀰漫著詭異、壓迫的氣氛，其中由愛所生出的極端與執著令他深深著迷；在電影院看過那部片後，便一直想收集DVD；正巧來到雨夜莊聊天時無意中對白教授提起這片子，教授竟說他有那片子，可以送他，令承彥大為欣喜。

等會兒就去找白教授去拿片……

他的視線持續掃射外頭的混沌不明，風雨迷濛中看不清任何物體。

把自己與所愛的人封閉起來……多麼不顧一切，卻又浪漫的做法啊。

他踱回床邊，從背包的內袋中小心掏出一個裡頭裝滿藥錠的透明小瓶子，不自覺地，嘴角慢慢漾出笑容。

（五）二月十日，十八點

在餐廳中，眾人默默地用餐。

一旁忙著上菜的除了白家的印傭莘蒂外，還有一名年輕女孩，看起來不到二十歲，暱稱小如；據白綾莎說那是一名好朋友的小孩，因家境不好，自願來白家幫傭賺些生活費，這個寒假是小如第一次來雨夜莊。她是個綁著馬尾、圓臉大眼，身高超過一百六十的高瘦女孩。

這時，餐廳門口突然閃現一道人影，定睛一看，是一名身材高大、綁著馬尾的女孩，面容談不上特別美麗，卻有一種智性魅力。她像是白綾莎與柳芸歆的折衷體，而且折衷得恰到好處；柔與剛、冷與暖的比例彷彿經過上帝精心的調配，藉由臉部那深刻的輪廓與密緻的五官呈現出來。她穿著一件米黃色的上衣、藍色牛仔褲，外頭套著黑色外套；步伐沉穩踏實，眼神堅定有力。

「婷知，」白綾莎對她招招手，「你有沒有好一點？你坐我旁邊……這是你的餐具。」

「謝謝你，我好多了……晚餐有紅酒可喝嗎？我想來一點。」言婷知露出淺淺一笑，那笑容十分有自信與傲氣。

「當然，我請辛蒂倒一些給你。」

白綾莎簡單為她介紹過若平的身分後，沒有人再多說些什麼。

若平與教授約好九點三樓書房見後，便先行告退。

離開餐廳，他右轉走到兩條走廊的十字交角處，再向右拐；這裡是雨夜莊的東翼，走廊上昏黃的走道燈亮起，氣氛格外幽深。

他走向嵌在牆壁上的一排窗戶，每扇窗戶皆被精緻的窗簾所環繞；從窗戶望出去是雨夜莊的北側建築，但此時只能看見一片黑暗以及聽見呼吼的風雨聲。

這種天氣，這種路況……公路的另一端，會不會也被落石封鎖了？總覺得一切都不太對勁，這暴風雨來得真不是時候。還有白綾莎的那一群朋友，人際關係的暗潮耐人尋味。

輕率隨便的徐秉昱、執著沉默的方承彥、傲慢冷艷的柳芸歆、低聲下氣的岳湘亞、沉穩高雅的言婷知……

有一件事令他耿耿於懷：方才從天花板傳來的腳步聲。

他憶起白綾莎的反應。

「腳步聲？有嗎？你會不會聽錯了？門已經鎖起來，上面不可能會有人的，」女孩擠出一絲薄弱無奈的笑容，「外面風雨聲這麼大，你一定是聽錯了。別嚇我好不好？」

「抱歉，應該是我聽錯了。」

或許吧。他不能百分之百肯定，這種錯誤的幻聽也不是從來沒出現過。不過，方才的感受千眞萬確，他一時無法將之歸於錯覺……

「不會是鬼魂在徘徊吧？」他的腦海中有一個荒謬的聲音說道。

自己開了一天車也很累，什麼聲音都有可能聽錯；他決定持開放態度，不再去想它。

繼續往前走，眼前一扇緊閉的門，窗簾虛掩著門旁的窗戶；若平記得白任澤說過這間是琴房。在琴房前右轉繼續往長廊盡頭走，最底端的那扇門緊閉著；他試了試門把，沒鎖。裡頭應該就是羽球場了。

一片漆黑。若平伸手尋找電燈開關，一陣摸索後終於找到。他按下開關，喀嚓一聲，羽球場亮起微弱的白光。若平抬頭一看，天花板挑高至三樓，東西兩側有著高聳的燈光照明，完全是標準配備的羽球場，毫不遜色於專業設計的體育館。

羽球場總共有四個場地，地板是PU材質，球網有條不紊地架設著。

若平穿越球場到達第四個場地後，正前方出現一棟長形建築，附有兩扇門。他打開門一看，裡頭是淋浴間與更衣間。右前方是羽球場正門，也就是稍早時他開車剛抵雨夜莊，從外頭看到的那扇像球場的門。

他下意識抬頭一看。若平此時面向北側，他發現二樓的部分有個陽台，似乎可供人憑靠觀賞球場內的比賽；當他目光觸及陽台時，心中突然閃過一個畫面。

彷彿看見一個女人墜樓的身影。

——我一定是太常接觸謀殺與死亡了，才會有這樣的聯想。

若平在心中甩開墜樓的影響，關掉電燈，離開球場。

（六）江正宇的獨白

晚上十點。

我在自己的房內，坐在床上閉眼沉思。

房內沒有燈光。我喜歡在黑暗中思考。

風雨好像愈來愈大了，房裡雖然暖和些，但還是很冷。在這樣的天氣下，最好的享受就是躲進被窩裡好好睡一覺。但我現在並不睏。

在這樣的夜裡特別容易引人遐思，不論是過去、現在還是未來的事，都在腦中尋找著自己的位置，漂泊甚至繁殖。

有時候我會想，人來到世界上到底是為了什麼，到底要追求些什麼，這些問題始終困擾著我。

我知道自己不是外向的人，孤孤單單的一個人容易想東想西，而且特別敏感；我對人群總是感到疏離而無趣，喜歡將自己抽離出來，冷眼旁觀。

我喜歡將自己喻為人世間的過客，就只是漂泊而過，而自始至終沒有融入的宿命；當我意識到自己無法打入人群中、無法在團體中自處時，就有了覺悟。

我的身分就是過客。

不論身在何處，我都能感覺得到身上披著一層薄膜，一層將自己與其他人隔開的機制；那是來自命運的指令，上帝無情的惡作劇。

在我的老家中，我的房間在三樓；平常放寒暑假時我喜歡把椅子搬到窗邊，凝神眺望；從窗戶望出去，視野中的每一個角落都一目了然。那種眺望更強化了我旁觀者的身分，在那完全抽離出來的專注冥想中，一股超脫超然之感包住我的心頭，那正是斷絕一切煩惱根源的不二法門……

是的，永遠站在球場的線外，只看，只聽，而不必去在意分數的得失是否為己之功過，那是多麼無憂無慮。我有過太多、太多煩惱了。

腦中閃過幾幅，我不想再看到的畫面。

父親嚴厲的臉孔，母親的尖叫，爭吵，爭吵，還是爭吵……

夜裡抱著恐懼的心情，不敢聆聽，卻被迫聆聽；從一開始的在意煩憂，到疲憊油然而生、心靈麻痺，我開始學著當一名置身事外的人，與世界隔離；那是淬煉數年之後，好不容易習得的，在這個世界的生存之道……

父母親離婚了。

從高中開始，我對家裡的一切置若罔聞，我在心中築起高牆，只留一扇窗，以空中漫步鳥瞰的姿態，重新調整心緒。對無望的世界，只有自己能改變一切，而首先要改變的，就是「心」。

與人交際太深，只會帶來煩惱。夫妻吵架，朋友吵架，情侶吵架……在我看來，唯有不接觸這一切，才能擺脫一切。

所以我厭惡人群。

每天到學校唸書，根本是一件浪費時間的行為，尤其上了大學，其型態令「社會」元素成分加重，與人來往成了一項負擔；如果說我只想追求知識，那其他所有會干擾求知的障礙，都應該被摒棄。

根據我的「超脫法則」，無法不接觸，就必須旁觀。

當我披上旁觀的機制被迫到有人群存在的地方時，我已習慣一切了。走在人群中心，人在四周騷動，我卻覺得自己離他們有十萬八千里之遙。那是因為我的心已懸掛於蒼穹，其他人的心卻還停留在地表上。

在冷眼旁觀的過程中，我逐漸對審美有了更深的體悟。

跳脫出局外，我更是能欣賞到各種事物的美。不管是自然界的美或是生物的美，我都能細細品嚐、咀嚼，在腦中繚繞不去。

有兩名女孩特別牽動我的心神，可謂是藝術品。

言婷知與岳湘亞。

婷知的內涵比她的外表還要豐富。她最大的魅力來自她的自信、聰穎、獨立以及沉著。她看起來就像是能獨自解決案件的名偵探。

當婷知過度佔據我的腦海時，我會試著將自己抽離出來，把心思轉移到湘亞身上。

湘亞不是現實世界的產物，她的五官太雕琢、太夢幻了；她本身就是一具被注入生氣的娃娃，姿態楚楚可憐，引誘著男人對其投以呵護愛惜；她看起來如玻璃般易碎；她的棲息地應該在百貨公司的展示櫥窗才對。

不過，就如同世界上所有的娃娃，湘亞缺少靈魂。我能從婷知眼中看見靈魂。婷知既堅定又獨立，是智性與成熟的綜合體，而湘亞只是美麗的雕像，充其量只能成為展示品。

來到雨夜莊，就是為了婷知。

我在黑暗中睜開雙眼。

稍早在客廳那一場低俗無水準的鬧劇讓我不快。

徐秉昱是個蠢蛋，只想在柳芸歆那自命清高的女人前表現，即使已經被拒絕也毫不在乎。至於方承彥，雖然極力隱藏內心情感，但任誰都看得出來他極度眷戀湘亞。

我相信方承彥最終會領悟到湘亞只不過是徒有美麗幻影的一場戲，終究會曇花一現。

話說回來，看見湘亞臣服於柳芸歆的模樣竟使人十分享受。有一些藝術品在被摧毀時會變得更加美麗，湘亞無疑就是那種藝術品。

思緒游移至此，我突然想到林若平這個人。他的出現倒是始料未及，不過應該不會構成什麼影響；看起來他只是來找白教授做研究的，完全不必放在心上。

沒有人會注意到我的存在，我是全然超脫的旁觀者，也是全知者，在這棟房子裡我有上帝之眼……

我從床上坐起身。

離開床邊，我伸了個懶腰，感到房內空氣的窒悶；但又不能開窗，雨水會濺進來。

步向房門，我決定暫時離開黑暗的房間透透氣。

房外的走廊上只能聽見窗外的雨聲，我朝長廊兩側望了望，然後佇立。

就在此時，毫無預警地傳來「砰」地一聲，劃破沉寂，感覺像某個沉重的物體撞擊到地板上；就只那麼一聲，然後又恢復一片寂靜。

我的心在那一瞬間停格。那聲響或許不是什麼重要的事，但卻令我感到強烈不安。

好像是從樓下傳來的，那會是……？

我踏著穩定卻遲疑的步伐朝樓梯走去，不安的感覺愈發強烈。

下樓時，我控制著不讓腳步發出任何聲響，因為我不知道前方有什麼正在等待著……

走下樓梯最後一階，我喘著氣，貼著牆壁站立，用已經適應黑暗的眼睛四下搜尋。

終於，我看到了。

距離腳邊不遠處的地板上，躺著一個長了尾巴的小小黑影，影像模糊不清。

我向前再踏了兩三步，努力辨識黑影的正體。

那是，那是……

理智不斷於大腦中搜尋過往經驗，找出辨認的依據，就在我意會過來那物體的整體輪廓時，整個人像被巨大的力量擊中般向後跌靠在牆上。

我喘氣，幾乎要暈眩過去。

那是一顆女人的頭顱。

（七）二月十日，十九點四十分

若平所住的這間房位於三樓北側，是雨夜莊客房中最寬敞的一間；正確說，應該是最大的兩間房的其中一間，因爲正下方二樓的房間格局與這間相同。白任澤爲了彌補天候不佳還讓若平跑一趟的歉意，特地安排了大房間，卻讓他徒增一股空洞感。不過，這不打緊。

舒適精緻的床鋪給人一股暖意，散發出催人入睡的氣息。隱隱約約，注視著天花板的雙眼視線模糊起來，眼皮重得離譜；天花板開始扭曲，像水一樣起漣漪，接著黑暗降臨……

不知道持續了多久。

他突然驚醒過來。

夜燈仍亮著，雨水拍打窗面，空氣有點窒悶。

若平抓起手機。

晚上八點三十。

他跳起來，從背包翻出盥洗用具，衝進浴室。

與白任澤九點有約，不能遲到；去之前當然得保持儀容整潔。

梳洗完畢後，他在八點五十五分離開房間，發現走廊上一道人影閃動。

那人對若平微微點頭。原來是方承彥。

「你好，」若平說，「你的房間也在這樓嗎？」

又是點頭，「我要去找白教授。」

「找白教授……？」

「他要給我一片ＤＶＤ，」方承彥面無表情，在走廊夜燈的照射下，感覺頗陰森。

「我也要找白教授，一起走吧。」

他們經過北側樓梯，往南直行而去。

「那是什麼片子？」若平隨意地問。

「《死刑洞》。」

「這不是之前很有名的驚悚片嗎？」

「嗯。」

「你喜歡驚悚片？」

「嗯。」

若平推開雙扇門，眼前是一條走廊，左右各有兩扇緊閉的門，走廊盡頭則是另一扇門，那正是白任澤的書房。

若平走向走廊的盡頭，面對那扇厚重的書房木門。方承彥跟在身後。

他敲敲門。

「請進。」

伴隨門的開啟，白任澤的身影出現在門後，書房中的黃色燈光洩流到走廊上，形成金色的河流。

若平踏入書房。

這是一間古色古香的房間。正對門是一扇緊閉的窗戶，黃色紋飾的窗簾未拉上，像上吊女子的衣裙般垂下；外頭混沌的黯夜趴伏在窗面上，彷彿隨時會破窗而入。教授厚重的書桌就立在窗邊，正對房門，展現著學者的權威，上頭有條不紊地擺滿文具與文件，沐浴在桌燈黃色的光暈中，好似夕陽下一堆金黃色的財寶；書桌旁還附一張電腦桌，一部銀色筆記型電腦像海蚌般打開著。書房左右兩側佇立著高聳至天花板的雙層式活動書架，裡頭塞滿各式各樣的中、英文書，書籍甚至多到堆疊於地板。書桌前橫放一張橢圓形矮桌，桌面上放著一架咖啡機。

書房內只有桌燈的光，在這偌大的空間內，顯得有些昏暗。

若平眼神快速掃過書架，本能地搜尋著他熟悉的作者與作品；白任澤笑了一聲，往咖啡壺走去。就在此時他才發現方承彥站在門邊。

「喔，是你，對了，你要拿片子吧，請等一下。」教授繞回書桌前，拉開抽屜。

「ＤＶＤ不是都放影音室嗎？」若平問道。

「平常是如此沒錯，但那片子我事先就拿來這裡放了，才不會忘記……唉，年紀大了，不但容易感到疲累，也常忘東忘西；像我剛剛才想起來我把車鑰匙忘在樓下車庫的工作檯上了，因爲今早出門回來後，在那裡找鉗子，結果把鑰匙順手往桌上一放……」白任澤拉開另一個抽屜，兩手伸入翻找。「啊，有了！」教授右手從抽屜中挪出，手上拿著一片ＤＶＤ盒。

盒子封面是一個洞穴的開口，籠罩在黑暗之中，看起來深不可測；一張慘白的人臉浮現在洞穴口，睜著血紅大眼，紅色的血絲從唇角淌下；整個封面設計十分幽沉嚇人。白色顫抖的字體描出「死刑洞」三個字。

「謝謝，」方承彥接過片子，微微點頭致意。

「沒什麼，反正我片子多到不行，」白任澤笑了笑，「做文學研究的人必須多看虛構作品。」最後一句話似乎沒有特定對著誰講。

「那我先走了，」年輕人說完，朝門外走去，並順手帶上門。

白任澤往椅背一靠，吐了口氣，兩手交握，表情看起來如釋重負，「那麼，現在就該談正事了。」

巡視書架的若平轉過身來，點點頭，逕自往面對書桌的那張沙發走去，坐下。

白任澤與若平客套了幾句之後，立即切入正題。

「我不知道你有沒有事先調查過背景資料，我要談的事，是有關一年前的血案……啊，要咖啡自己倒，那是我剛泡好的。」

「謝謝。資料我有稍微翻過，不過因爲時間緊促，只有片面瀏覽，我想親口聽你說應該會比較適當。」

「那好，我就話說從頭，」白任澤調整坐姿，鬆動了交握的十指，再纏緊；黑白相間的髮色此刻看來讓他老了數分。

「我的哥哥白景夫是國內有名汽車公司的經營創辦者，想必你也知道；賺了一筆之後，他開始委託知名建築師在此處進行雨夜莊的建造計畫，準備等待時日將董事交棒，到深山中過清閒日子；另一方面，家母早逝，家父好幾年前因車禍而半身不遂，雨夜莊也是預備給家父休養之地；沒想到全家甫遷入不多久，家父就因癌症逝世，因此先兄常嘆道人生無常，沒有早點享受生活會遺憾一輩子。」

「聽起來令兄算是事親至孝。」

白任澤苦笑，「我只能說，『樹欲靜而風不止，子欲養而親不待』。先兄還是慢了一步，一切都太遲了。」

「眞令人遺憾，」若平短暫停頓後，尋思著下一個問題。「令兄品味獨特，雨夜莊的建造新聞我倒是有聽過，在地理環境這麼侷限的地方蓋一棟大建築勢必是大工程。況且造型還那麼特殊，必定花了建築師不少心思，」他興味盎然地托著腮，接著，騰出手爲自己倒了杯咖啡。

「那是一定的，受委託的建築師名叫石勝峰，是先兄於大學時代在同校認識的朋友；那時石勝峰就讀建築系，先兄就讀動力機械工程學系，兩人交情還不錯，畢業後雖然沒有特別再聯絡，但每年在同學會也都還會再見一次面。後來石勝峰設計了幾座深受好評的建築，先兄便常提起以後要蓋隱居用的建築的話，一定要找石勝峰。」

「原來如此。不過令兄選擇蓋雨字形建築，是否有什麼特殊意涵？」

「要知道，先兄在成功企業家的外衣下，擁有很感性的一面，許多人都不知道他私底下其實相當熱愛寫詩與散文，雖然說閒暇時間很少，但只要一有空、不干涉到家庭時間，他常會利用深夜太太小孩熟睡後，再爬起來寫作，抒發內心中澎湃的情感。」

「原來白先生是這麼有文思的人啊。」

「這可說是他不爲人知的一面，」白任澤以緬懷的語調與神情，抬眼看著若平上方的空中，繼續說道：「會選擇雨是因爲先兄喜愛雨的意象，他覺得雨很淒美，相當適合融進感性的詩中；像雨夜莊的由來，就是來自李商隱的〈夜雨寄北〉，將『夜雨』兩字倒反過來。他曾說，他喜歡外頭下雨時的氛圍，待在屋子內反而多了分寧謐，如果能將自己融合進雨之中，那必定是令人感到舒暢的境界。」

「所以將建築物設計成雨字形，意思是隨時隨地都沐浴在雨中？」

「至少我是這樣想的……其中的意涵或許很抽象，不過直觀來說，純粹就是喜歡雨這個字與它的意境。另一方面，爲了配合淒美的意境，整棟房子內大量配置昏黃的夜燈，除了少數幾個房間外，不存在白色日光燈。」

這眞是雙重特色。雨對若平來說，象徵孤獨與悲傷，是相當灰色系的代表，鮮少有人喜歡雨天；除了腦中富含文思的詩人外，雨恐怕不是任何人的朋友；而昏黃的夜燈更加深雨夜中的淒涼。白景夫將人心中孤獨的感覺具象化了。

「人家說詩人都比較浪漫，講難聽點是濫情，」白任澤放開交纏的十指，將手腕擺在椅子左右兩邊的扶手上，「再換句話說，就是很容易愛上別人。」

若平雙眼亮了起來。

教授苦笑。「我不是在說哥哥的壞話，只是委託的事既然涉及先兄，我看有必要將這些背景資料交代清楚。事實上，先兄愛上了建築師石勝峰的妻子，」

「什麼？」

「我必須坦白講，先兄與兄嫂的感情並不好，價值觀極度分歧；先兄是處世圓滑、擅長商場謀略、同時又帶浪漫情懷、十分會欣賞與體會人生的綜合體，而兄嫂是只會花錢、心眼小而又有控制慾的人；聽說他倆在婚後相處得十分不好，常為了一些雞毛蒜皮的事吵架，一開始先兄還抱著希望能跟兄嫂溝通，後來兩個人都改變不了，感情持續降溫，」教授嘆了口氣，「據我觀察，這兩人都不諳溝通之術；先兄在商場上雖有滔滔雄辯之能，但面對親密關係時表達能力卻奇差無比，過於理性、缺乏技巧；而兄嫂則是過度情緒化，別人講什麼話她根本聽不進去，可以說是自我中心主義相當強烈的人。」

原來汽車公司的經營之神，擁有這麼一段不順遂的婚姻啊。若平從白任澤敘述的神情中可以看出，這位文學教授對於兄長在婚姻上的挫敗感到相當惋惜與遺憾。如果時間能再重來，面對一樣的情況，誰有把握能再經營一段美好的愛情？

白任澤眼神低垂，盯著書桌桌面。「之後，先兄聘請石勝峰籌畫雨夜莊的建造計畫，在動工期間，先兄三不五時就會開車上南橫公路，前來工地視察；而另一方面，石勝峰幾乎每天都會帶著他的妻子潘雯流到現場指揮工作，先兄與潘雯流就是這樣結識的。

「見過幾次面後，先兄開始私下邀約，而女方也接受，兩個人來往了不到一個月就被兄嫂發現，她憤而向石勝峰密告，鬧得一發不可收拾。」

「最後怎麼收場？」

「先兄似乎是抱著負荊請罪的心情向石勝峰道歉，原本石勝峰有意中止建築計畫，但因爲先兄不斷地賠罪再加上追加大筆的賠償金，石勝峰最後妥協了，還是完成了雨夜莊。在房子建好前，先兄與潘雯流沒有再前往建地。

「至於兄嫂這邊，我相信她心底始終沒有原諒過丈夫，但因爲錢與孩子的關係，她也不願離婚；況且有雨夜莊這麼豪華的大宅邸可供居住，她也樂於留下。

「住進雨夜莊後，在空洞的大房子內，夫妻關係更形惡化。先兄只要一有空便往山下跑，找以前的朋友喝酒打牌，有一段時間甚至好幾個月都不回去；我想商場得意的他，竟然在情場上連番失利，自尊心一定受到不小的打擊，最後自暴自棄。至於兄嫂看見丈夫的逃家，對他也完全放棄，不再想控制他，她開始陷入另一種興趣——上網釣男人。」

若平沒吭聲，等待著白任澤繼續說。

「詳細情形我不清楚，只知道她整天躲在雨夜莊裡上網，遇到有合意的人，好像就會請他來雨夜莊，當然是趁先兄不在的時候……

「這就是他們兩人橫死之前的生活模式，相當悲哀，建造大宅邸只是造出更大的隔閡，而其中最可憐的受害者，莫過於我的姪女——鈺芸了。」

說到此處，白任澤嘆了一口氣，感傷、感懷、感慨湧上面容，「所謂家是最好的避風港，對鈺芸這女孩來說，她永遠也體會不到。

「鈺芸大綾莎兩歲，如果現在還活著的話，年齡應該是二十四歲。堂姊妹兩人雖不太常見面，但只要一見面便很有話聊；我想是因爲鈺芸缺乏朋友，相當需要一位能傾聽她的人。

「聽綾莎說，鈺芸在學校過得不快樂，情緒起伏不定，有時候很陰沉。我也常常在想，在不健康家庭下所成長的孩子，看到的價值觀都是扭曲變形的，實在難保她不會對這個世界產生失望，而培養出不健全的心態。」

「這種事對小孩來說眞是無妄之災，」若平嘆道。

「自從發生潘雯流那件事後，鈺芸變得不喜歡回家，因爲家裡總是成爲父母爭吵的戰場；我記得有一次她還自己坐火車跑來找綾莎，連行李都沒帶，流著眼淚……」說到此處，白任澤搖搖頭，伸手拿了眼前的杯子一飲而盡。

「想冒昧請問教授，您與白景夫先生的感情如何？」若平再三琢磨後，問。

「我們從高中之後就不常見面了，」白任澤放下杯子，「成家立業後，他在北，我在南，見面機會更是不多；雖此，我對他也並非全然不了解。至於感情嘛，應該說還算可以；但婚後各忙各的，小時候那種嘻鬧成一團的親暱感也早已淡了。」

若平頷首。他沒接腔，等著教授繼續說下去。他總覺得白任澤一直還沒講到事情重點，必須耐心等待。

「終於，在去年的二月十日，事件爆發了。那天我與已去世的內人到台東找朋友，回程時預定上南橫公路回台南，忽然想起綾莎提過，鈺芸要借她一些DVD，希望我經過雨夜莊時可以順便拿。

「沒想到那晚與友人聊得太晚，到雨夜莊時已經晚上十點了，一路上內人還不斷責備我太寵綾莎，執意要那晚去拿……」白任澤的語調突然感傷起來，「內人的許多勸告我常不聽，我行我素，但如今再也聽不到了，她在一年前逝世……」

「我深感遺憾。」他發現自己已經喝了三杯咖啡了。

「抱歉離題了，」教授的眼眶泛紅，但很快控制住情緒，「我們到達雨夜莊時，發生了意想不到的事。我把車停在宅邸前的空地，準備熄掉引擎，就在那一瞬間，車頭燈的光束中出現了一個詭異的人影，那是一名表情驚慌、右手纏著繃帶的男子，穿著牛仔褲與寬鬆的外套；濃眉，留著三分頭，臉呈四方。」

「陌生人的嘴臉？」

「我總覺得在哪處看過那個人，不過他一溜煙就跑向另一頭的汽車，隨即駛離了。關於這人的身分，如果你對新聞報導還有印象的話，應該會知道是誰。有關此案的詳細內容，我有必要再詳述一遍嗎？」

「麻煩你，我不是很了解。」

「總之，發現那名怪異的男人後，我立刻往玄關奔去，大門沒鎖，走道的燈亮著，地板上有著一排髒污的鞋印，往客廳對面的樓梯而去。我循著鞋印上樓，到達二樓的雙扇門之前，在樓梯的右手邊另外還有一間房，就在那緊閉的房門前，仰躺著一具女屍……」白任澤的雙眼出現少見的驚悸，交織著痛苦；他緊抿嘴唇，說：「那是我一生中看過最恐怖的畫面之一，說之一，是因爲不到幾分鐘之後，我又看到另一幅同樣恐怖的畫面……」

教授籠罩在黃光中的身影宛若一名說故事的老者，垂著白髯、背靠在搖椅中，在悚慄的氣氛下用文字建構雙眼所無法承受的恐懼。若平沒有再碰咖啡，兩手緊握放在大腿上。

「樓梯旁的那具屍體是鈺芸，她衣衫不整，脖子纏著一條釣魚線，臨死前的表情令人不忍再回想……樓梯對面，穿越雙扇門，再越過走廊，便是先兄與兄嫂的臥房；我看見半掩的門透出燈光，地板上帶泥土的鞋印也朝那裡而去，便直接向前打開房門。

「房裡是另一個駭人的景象。碩大的雙人床上，兄嫂全裸陳屍在凌亂的棉被旁，頸部有瘀血，表情充滿恐懼；左邊地板上，先兄呈大字形仰躺，穿著外出的服裝，面部一片血肉模糊，頭顱滿是鮮血。我那時才發現，原來一樓延伸至此的鞋印便是他踩出來的；就在思考力喪失的同時，我在床腳處瞥見一把沾染血汙的小斧頭。」

「斧頭……眞是致命的象徵。」

「是的，我下意識便聯想到，先兄慘遭斧頭擊斃，但是誰下的手，以及兄嫂與鈺芸死於誰之手全是一團謎。我們即刻報警，警方在幾小時後才趕來，接手處理。

「等待警方的那段時間我與內人坐在客廳內，因爲假若殺人犯還潛藏在房子內，他要出去最自然的途徑就是大門，而要出大門必經的走廊能從客廳監視，是以我才和內人於客廳等候。」

「結果呢？」

「沒有任何人出入。那時的我，腦中一團混亂，內人也是驚懼得說不出話來。但就在混沌之時，先前那右手纏綳帶的男人身影卻不斷浮現我心中……」

「你懷疑是他幹的。」

「我無法做任何結論，不過我當然將那名男子的事告訴了警方；而在告訴警方之前，我想起了那名男子的身分。」

「他是……」

「我有一次曾參加兄嫂的生日派對，許多兄嫂從前的同學都有出席，我就是在那時與那男人有過一面之緣。」

「是白夫人的同學？」

「是她從前的大學同學。會對他有印象是因爲那人看起來畏畏縮縮、不是很大方正派，因此第一印象不好。」

「原來如此……那他爲什麼會出現在雨夜莊？」

「這就要談到警方接下來的調查了。負責偵辦案件的警官查出了當年出席生日派對的所有人，並提供相片讓我指認，總算查出了男人的身分；他的名字叫楊瑋群，是私人公司的職員，好像大學時與兄嫂有過一段情。

「對於二月十日晚上的行蹤，楊瑋群起初只說整晚待在家裡；而由於他那天請假在家，又是獨居，完全沒人可以幫他作證。」

「不過您相當肯定沒看錯那名纏繃帶的人的嘴臉吧。」

「當然，巧的是楊瑋群的右手腕也纏著繃帶，他與人鬥毆不慎被刀劃傷，傷勢好像還不輕；而由於繃帶這點，警方更相信我的證詞，因此繼續深入質詢楊瑋群。

「屍體方面，法醫推斷在我約九點半發現屍體時，三人都已死了近一小時。兄嫂是被先兄徒手勒斃的，這是檢驗兄嫂脖頸處的傷口以及先兄指甲內的皮屑所得出的結果，而且根據詳細的檢查，皮屑沒有被刻意植入。至於先兄是被現場那把斧頭給擊斃的，總共被砍了七下，其中幾次攻擊是在死後才進行。」

「死後才進行？」

「是的……完全摸不清兇手的意圖，如果說是極端怨恨或許還有可能吧！可以確定的是殺人者已喪心病狂。另外，三具屍體的死亡時間很相近，幾乎是在半小時內連續死亡，法醫推定先兄勒斃兄嫂後，被兇手用斧頭擊斃，接著這名兇手再用釣魚線勒殺鈺芸。」

若平打了個寒顫，「那麼關於鈺芸的部分，詳情是？」

白任澤的面容掠過一絲沉重的陰影。「那可憐的女孩，她在死後才被侵犯。」

「……」

「警方鎖定楊瑋群後，針對精液做過DNA比對，完全符合；另外，案發現場的斧頭握柄上也有他的指紋。楊瑋群起初死不承認，但後來警方又從他住處搜到一個墜子，裡頭有一張鈺芸與綾莎的合照。根據當時在雨夜莊工作的菲傭之證詞，那個墜子就是鈺芸平時常配戴的；而在案發現場，屍體脖子上的墜子被扯掉了。」

「案發那天菲傭不在嗎？」

「傭人們那天都放假。」

「這麼多不利證據指向楊瑋群，難道他還是不招？」

「在警方以證據砲轟的情況下，他終於透露了他自己所謂的實情。他說，他於二月十日晚上約好與邱瑩涵——也就是兄嫂——見面，兄嫂告訴他那晚先兄會下山。」

「抱歉容我打岔，他倆是什麼時候搭上的？」

「據鈺芸的日記記載，兄嫂沉迷於網路交友後，便與楊瑋群時有信件來往；而楊瑋群趁先兄不在時造訪雨夜莊的行爲則大概斷斷續續持續了一年以上。」

「鈺芸的日記……？家庭問題對她來說，一定是很大的陰影。」

白任澤搖搖頭，沉浸在悲苦中，「必定是。我曾很擔心過她的心理狀態……鈺芸與綾莎感情不錯，但見面機會太少。她們好像有在用網路聊天，鈺芸對家裡的事一開始抱怨得很多，不過後來像是放棄似的，愈提愈少。」

「眞是可憐的孩子……抱歉打斷主題，請繼續二月十號當晚的事件敘述。」

「我說到哪了？對，楊瑋群說他大概七點半到達雨夜莊，開車過去的；他直接從玄關進入。」

「門沒鎖嗎？」

「他早就打了一副鑰匙，因此出入不是問題。然後他到二樓兄嫂的房間……」白任澤咳了一聲，「後來楊瑋群發現自己的手機忘在車上了，他新買的手機有照相功能，原本想跟兄嫂合照。他要兄嫂等他下樓拿手機。

「他走出雨夜莊，回到車上，卻找不到手機；他本來都把手機放外套口袋，但有可能是掉了，卻不知道何時、掉在何地。

「折騰了老半天總算在車子裡找到手機，他就順便在車子裡抽了根菸，因爲他說兄嫂並不喜歡他在房內抽菸。當他再返回宅邸時已經快九點了。他從客廳對面的樓梯上樓，注意到地板多了一排行走的鞋印。當他到達二樓時，赫然樓梯旁的地板上躺著一具女孩的屍體，一條釣魚線纏在她脖子上。他知道那是鈺芸，之前來雨夜莊時曾照過面。

「楊瑋群十分驚駭，他進入燈光外洩的兄嫂房內，發現女人全裸陳屍床上，一名男人倒在地板，頭部血肉模糊……據他所言，現場狀況就跟我後來發現時是一樣的。」

「不同處在於……」

「不同處在於，楊瑋群拿起地上的斧頭，往先兄的頭顱連砍數下，接著走出房間，撲向鈺芸的屍體，犯下只有野獸才做得出的行徑。後來又偷走裝有鈺芸照片的墜子，想永久收藏。他眞是瘋了！」

白任澤的語調趨於激烈，卻也即時穩定下來；看得出來這段憶述勾起了深埋他心中已久的黑霧，那股伴隨而來的沉重，絕非局外人所能體會。

「他說他對先兄懷恨已久，從大學時代被先兄橫刀奪愛之後。他也提到他第一次見到鈺芸就起了色慾之心。」

「不過我想警方不信楊瑋群的說詞，我是指關於他犯行的部分。」

「他們當然死都不信，」教授露出莫可奈何的無力笑容，「有精液、指紋證據和我的目擊證詞再加上動機，誰會相信他的鬼話？而且，砍在先兄身上的那些攻擊，雖足以殺害身體已經逐漸孱弱的先兄，在力道方面卻不算特別強勁，正好符應了楊瑋群受傷、不能施力的右手。

「總而言之，檢察官的結論是這樣的：先兄對於妻子的不貞早已了然於胸，或者是有所懷疑，不管他是想來一次抓姦在床抑或確認心中的懷疑，他假裝離開雨夜莊卻又中途折返，之後他趁楊瑋群離開雨夜莊去拿手機之際，上到二樓臥房勒殺了兄嫂。而楊瑋群在地板上發現先兄的鞋印，心生不妙，便從一樓雜物室拿了斧頭與釣魚線，再回到臥房用斧頭將先兄擊斃。之後鈺芸聽見騷動出房門，楊瑋群欲殺人滅口，便在樓梯旁用釣魚線勒斃鈺芸。」

「聽起來是個說得通的故事。不過……有一點我覺得奇怪，楊瑋群爲何會知道斧頭與釣魚線放在儲藏室？還有，爲何選擇兩樣凶器？」

「這點的確大有疑問。普遍的解釋是楊瑋群只是爲了要找武器而恰巧找到斧頭與釣魚線，並非是他事先知道東西放在何處。至於選擇兩樣凶器的理由，這恐怕就要問兇手本人才知道了，也許他已下定決心一併殺鈺芸滅口，卻爲了某種理由不願使用斧頭。」

「嗯……不過雨夜莊那麼大，楊瑋群要『恰巧』找到這兩種致命凶器也眞是不容易。」

「根據當時在雨夜莊工作的菲傭的說辭，斧頭與釣魚線均收藏在儲藏室，不仔細找其實不容易找到。所以說，採信楊瑋群證詞的人認爲，還有另外一名兇手，事先準備好凶器，犯下雙屍命案。不過僅僅根據這點去懷疑幕後還有一名兇手，略顯薄弱。」

「……雨夜莊內有留下楊瑋群出入的腳印嗎？」

「沒有，他在玄關換上室內拖鞋。房內除了先兄留下的泥鞋印，沒有發現其他腳印。」

「外頭呢？」

「雨夜莊外大雨滂沱，就算有腳印也早就被沖掉了。」

「屋內也沒有外人入侵跡象？」

「警方找不到這種跡象，案發現場也沒有可疑人士的指紋。所以說種種情況看來，楊瑋群仍舊涉嫌最重，沒有人相信他的話，認爲他胡編故事來脫罪。」

「不過他也承認了毀屍與姦屍的罪行，可能是因爲賴不掉吧……如果楊瑋群所言屬實，眞有另一名幕後兇手，那最有嫌疑的會是……」

「恐怕就是建築師石勝峰了。」

這個答案若平了然於心。石勝峰，妻子與白景夫有曖昧關係，對白景夫懷恨在心，於是找機會潛入雨夜莊，恰好同一時間白景夫之妻也在偷情，多麼諷刺……不過眞的是石勝峰幹的嗎？

「石勝峰有完全不在場證明，」白任澤的聲音打破若平的冥想，「那晚八點到十一點他都與他老婆在台北參加一個朋友的慶生會，中途雖有離席，但不過都是去上廁所，警方已將他排除在嫌疑之外。」

「這麼一來，誰還有動機？」

「或許先兄在商場上有敵人，但警方篩選不出可疑人選，而且楊瑋群涉案這麼深，又有一大堆不利於他的證據，幾乎百分之九十九的人都認爲他就是兇手了。他被拘禁後的精神狀態每況愈下，開始胡言亂語，幾近瘋狂。最後楊瑋群於看守所用床單上吊自殺，雨夜莊三屍命案至此劃下句點。」

白任澤像是放下石塊般鬆了一口氣，倒了一杯新的咖啡。桌上的電子鐘顯示十點十五分。

「之後，」教授用面紙擦擦嘴角，「雨夜莊荒廢了一段時間，內人去世後，我僱用了一批新的佣人，將房子做局部打掃，當成寒暑假我與綾莎的隱居之處。耳聞了我要搬進來的風聲，石勝峰跟我聯絡，說他要再帶一些人來整修雨夜莊。他表示自己與白家發生的事並非毫無關連，心裡感到非常遺憾，想要做一些彌補，希望我能忘記過去的事，讓他重新打理。我一開始有點錯愕，不過對方語氣十分誠懇，而且我能體會建築師把自己的作品看成小孩的心情，所以最後就讓他帶人過來維修整理了。

「今年寒假是我們第一次住進來。事實上我們父女都相當喜愛這棟宅邸，雖然有一年前那件事的陰影，但那都過去了。而且這棟房子夠大，只要忽略二樓那部分的房間就好。追本溯源雨夜莊是先兄的精心傑作，我暫時也不忍賣掉；既然不賣掉，就要利用。」

也少有人買得起吧。若平暗想。況且，發生過兇殺案。住在死過人的豪華宅邸……也許是因爲對手足之情有特殊的感懷、遺憾或過意不去；有如悼念式的短期居住，這倒也不是無法理解。白任澤這個人，心中似乎也流竄著異於常人的纖細情感。

「教授，我猜你應該不認爲楊瑋群是兇手吧？」

白任澤雙眼一亮，抬起頭來，「我可沒這麼說。畢竟，整件事很有可能就是像警方認定的那麼單純。我請你來，是因爲兩個禮拜前我收到一封奇怪的電子郵件。」

「電子郵件？」

「嗯，你過來看吧。」白任澤指著旁邊的電腦桌，示意若平靠過去。

他繞過書桌，走到教授身旁；後者略微挪動旋轉椅，面對筆記型電腦，移按滑鼠的右手快速動了起來。螢幕出現Outlook視窗，緊接著白任澤的私人信件羅列開來，數量不多。教授將游標移向最頂端那封信，日期是一月二十七日，主旨寫著「兇手另有其人」，郵件內容只有一串怪異的數字：(5,3)(8,3)(6,1)(5,2)(1,1)(6,2)(8,3)(6,3)(1,2)(6,1)。

「這好像是暗號，」若平說，「也許是指涉寄信的人。」

「我要給你看的其實是附加檔。」

白任澤打開郵件附加檔。

那張圖片令若平悚然。

照片中，一名身穿黑色風衣與長褲的男人呈現大字形躺在地板上，臉孔血肉模糊到難以辨識的程度；那凹陷碎裂的面部就像揉爛的紙黏土般凌亂。

那是白景夫的屍體照片。

（八）二月十日，二十一點十分

從隔壁柳芸歆房間回來後，已經九點多了。

岳湘亞的房間位於三樓左翼，從盡頭倒數第二間。倒數第三間則是言婷知的房間，門縫底下沒有燈光瀉出，感覺上人好像不在。

空蕩蕩的走廊，昏黃的光線。

柳芸歆的心理狀態，不太正常。不，連她自己都不太正常。

湘亞從行李中取出換洗衣物、盥洗用具，蹣跚地走向浴室。她累壞了。

放好衣物，跨入浴缸，拉上隔離浴缸與浴室地板的簾幕，打開蓮蓬頭。

水很快轉燙，淋在肌膚上，給人十分舒暢的感覺。有一種解放感。

沒錯，她是需要解放。

沖完頭髮，開始上肥皂，就在這當兒，她有了仔細檢視自己身體的機會。

自己的個子雖小，卻有豐偉的胸圍；走過男人面前總是引來色慾的眼神，早已見怪不怪。

美麗的雙峰，突兀地，在左邊乳頭附近散布著數個圈形燒傷痕跡。

看見那些痕跡，腦中泛起柳芸歆的臉孔，還有那裝飾猶如火焰的臥房。

＊

「你一定認爲自己很美吧？」高傲的面孔，冷酷的微笑，夾著菸的手……就像不可侵犯的神像，殘酷地主宰一切。

她低著頭，心凍結了，不知如何反應。

「大家都說你長得像洋娃娃，像展示櫥窗中的精品，因而喜歡靠近你……你人緣好，又會彈鋼琴，眞是才貌雙全不是嗎？呵呵！」那兩聲笑宛若兩支迅疾的利箭，射入湘亞心房。她吞了一口僵硬、凝滯的口水。

「上帝是不公平的，有些人就是比別人美，比別人有才氣，得天獨厚。你眞幸運，就是這種人。」

那又怎樣？她心中生起一股悶氣，想反駁卻又無能爲力。自己的長相不是自己能決定的。沒錯，或許她的長相的確那麼夢幻了一點，但她也不是一個沒有缺陷的人，爲何柳芸歆要忽略她的缺點，嫉妒優點？那種毀滅式的心理，令人心寒……

「爲什麼你人緣比我好？爲什麼你長得比我美？爲什麼大家拿我們來比較，褒揚你，貶低我，甚至排擠我？」

比較？她壓根兒不知道這件事，誰拿她們來比較？班上的確有許多長舌婦，整天好清談……不過這干自己什麼事？

「你知道處處被人排擠的滋味嗎？不，我想你不了解，你沒吃過苦，你是嬌生慣養的大小姐。」

她發現自己用盡所有力氣才吐出一個句子。「你到底要什麼？」六個字被顫抖地拋出，馬上隱沒在房內的冷空氣中。

「我要什麼？」柳芸歆的冷笑又回來了，那似乎是詮釋她面容的唯一依據。「我要你成爲我的摯友，跟我分享你的一切。」

「什麼意思?」仍舊緊綳。她在害怕一件尙未浮現檯面的事,她在害怕已知的未知。

「我要你成爲我形影不離的朋友,換句話說,是奴隸……」

「休想!」

這兩個字衝出她口中,速度太快,她連意識的時間都沒有。她不該說話,那將成爲引出恐懼威脅的誘餌。她錯了。

柳芸歆的臉色變了,「你若違抗,要知道,我會抖出你跟那個男人的事……你不怕嗎?身敗名裂喔,萬一你父母知道了……」

她抬起頭,發現自己在顫抖。如果這個時候,自己能成爲旁觀者看著自己,那會看到怎麼樣的一個人?一個咬著嘴唇、怒目而視、全身顫抖的洋娃娃?她握起拳……

「唷,生氣了?沒有用的,那個男人才不在乎事情被公開,他早已沒有羞恥心了。倒是你,承受得起這樣的打擊嗎?你的形象那麼好……」

有眼淚的存在嗎?她是否瀕臨掉淚邊緣?那個男人,是柳芸歆的暗棋,是接受指令,一開始就打算陷害她的卒子。她太單純了……事情不能公開……

「把你的衣服脫掉。」

「……」

「我說把你的衣服脫掉,需要我再重複一次嗎?」

她開始解開上衣的鈕扣,手在抖動。

「全部。」柳芸歆在笑。冷冽的笑。

她猶豫了半晌，直到對方的眼神流洩出警告，手才探向背後解開扣環。

有柔滑滾燙的液體成形……

「很好，」冷酷的女人揚起手中的菸，「接下來，是成爲摯友的『印記』……」

那團火光緩緩朝她靠近，就像一隻火紅的眼……

＊

畫面突然中止。

蓮蓬頭的水犀利地射在她的肌膚上，她意識到，自己仍在洗澡的過程中，而地點是雨夜莊的套房。

嘆了口氣，湘亞將視線從自己的身軀移開，轉動水龍頭加了點冷水調和水溫，繼續沖洗。

爲什麼她甘於受苦？

這是個好問題。因爲她怕。

或許也是因爲，她沒有勇氣掙脫。沒想到自己竟然是一個這麼懦弱的人，一股對自身的陌生感油然而生。

已經無力思考。

一開始綾莎只找她，一度以爲能暫時有段清閒自在的日子，沒想到，一群人跟著都來了。這就是所謂的命嗎？

洗過臉，離開浴室，塗過保濕的保養品後，她坐在床邊，放空自己。在這樣的暴風雨之夜，心中彷彿也上演著一場風暴，但心田更似風暴之後的頹圮。

就在她起身欲整理行李之時，敲門聲響起。

「是誰？」

沒有回應。

她維持坐姿，盯視著門把。敲門聲死絕了。

宛若有一隻無形的手按著她。她又等了三十秒。

然後起身走到門邊。

湘亞將眼睛對上門上的窺孔。

外頭沒有人。

她拉開門閂，打開門。

門前的走廊，平躺著一張白色的紙。

女孩拾起紙張，左右張望，但沒望見任何人。附近的房門都是緊閉的，瀰漫著深深的空洞感。

她心頭急速奔跳，抓緊紙張，關上門，背靠在門上，吸了一口氣，雙眼投射到紙面上。

那是雨夜莊房內放置在床頭櫃的便條紙，上頭是略帶潦草的字跡：

十點整三樓圖書室見，務必要來，拜託。

承彥

她折起紙，看了一下手錶。差十五分十點。

要赴會嗎……？

承彥突然找她，是爲了什麼？

腦中浮現方承彥的輪廓——有點憂鬱、眉宇深鎖、清秀斯文的臉蛋；無話時就像石雕像一樣沉默，一談到有興趣的事物便雙眼一亮，興奮之情溢於言表。

其實，自己也不是很了解他，仔細想想，自己又了解誰？即使對身邊親近的人，又能掌握他們幾分？不過話說回來，對於承彥這個人，她倒是不特別排斥，她對他有一股自然的好感，雖然目前談不上是愛意……

承彥喜歡她，是的，她明白。但她沒有接受過對方的邀約，一開始是因爲自己當時與另一人在交往——後來證明那只是一個自私又毫無體貼心的男人；再者，接下來又發生了柳芸歆那件事，那女人暗中派了一個男人來欺騙她的感情……

什麼叫上帝是不公平的？湘亞憤恨地想，自己雖擁有絕佳的美貌，遭遇卻比豬狗還不如。這算是上帝的妒意嗎？

而如今，她又收到了承彥的邀約……

湘亞試圖讓自己冷靜。

也許，這個男人可以救她。

笑話，他能幫得了什麼忙？而且，她不再信任男人了。

要解除她的痛苦，除非銷毀掉柳芸歆手上的證據。不夠，連柳芸歆和那男人也要一並銷毀掉。

湘亞從衣櫃取出外出的服裝，換下睡衣。

踏上外頭的長廊，面對房門的窗戶窗簾緊閉，卻透散出外頭狂暴的風雨聲。室內的靜謐與屋外的喧嚷猶如背靠著背的兩個人，必須並存，才能活下去。

出了房門往左轉，沿著長廊直走；左側依序經過言婷知的臥房、下樓的樓梯、兩間空房以及位於走廊盡頭的公共浴室。於盡頭右轉再直行，便可到達圖書室。稍早他們搬行李進房時，白教授有稍微導覽過宅邸內的房間設置，他也有特別提及圖書室，說明裡頭放的都是一些已經看完或待看的書，也包括其兄長白景夫留下的書。

行至長廊中段，左手邊通往另一區房間與樓梯，右手邊則是雙扇門，進入後可到達白教授與綾莎的臥房。此時門是關上的。

她覺得自己好像走過了一片狹窄陰暗的荒原，在荒原的盡頭，站立她眼前的是兩扇厚重的木門，鑲著四條金邊，煞是壯觀美麗。

她推開門。

湘亞不知道什麼是所謂的書香，不過她直覺地以為，身處的這個大房間所散發出的氛圍，應該是凝聚了書的靈魂。

如圖書館內擺放的書架，各式各樣的藏書林立架上，形成了一片森林；除了書架之外還有幾張個人閱讀桌和討論用的圓桌，上頭都附有檯燈。

此刻在圖書室內，只有一盞燈亮著；光源來自進門右手邊、窗戶旁的一張閱讀桌。桌旁一道人影。

背著光，那道人影突然伸長；湘亞吃了一驚，但馬上意識到，對方不過是從椅子上站起而已。

「謝謝你來，」冷靜的嗓音，熟悉的語調。那黑暗中的身影此刻竟是如此地穩健，宛若凝固的燭火。

「你找我來有什麼事？」她有點不安地看了看四周，問。

「你先請坐吧，」承彥指了指其中一張圓桌，自己先坐到桌旁。

湘亞躊躇了片刻，在他對面坐下。桌上擺著一個酒瓶和兩只精緻的酒杯，酒杯裡已經倒滿了酒。

「其實沒什麼事，」承彥的眼睛盯著桌緣，「只是想跟你聊聊。」

「聊聊……為什麼挑這個時候？這個地點？」

「一樓客廳、娛樂室都有人在，選在自己房間見面也不適當。圖書室這裡很安靜，我就約你來這裡了。」

他右手擎起酒杯，啜飲了一口。

「紅酒，」承彥把杯子放下，繼續盯著桌緣，「你最喜歡喝的。」

望著杯中的液體，她的警戒心瞬間鬆弛了；凝視著眼前男人的臉，她突然感到心頭一角燃燒起來。

「你自己買的？」她的語調趨於柔和。

「從廚房拿的。晚餐時婷知不是喝過這瓶嗎？綾莎說這裡的食物跟飲料都可以自取。喝吧。」他又拿起杯子啜了一口；看著他滿足的神情，她不自覺地跟進對方的動作。

香醇的滋味……眞希望時間暫停，讓她慢慢品味。

放下杯子的承彥突然直視她，「你今天過得還好嗎？」

他的眼眸在那深鎖的眉宇下，像兩顆昏暗不明的寶石，沒有固定的影子，在黑暗中舞蹈。

「還好，」她與他眼神接觸了幾秒，隨即垂下。

承彥嘆了口氣，右手撫摸著桌面，接著他自顧自地說起話來，彷彿旁若無人，評論著雨夜莊的種種以及天氣。湘亞靜靜啜著酒，聆聽。

這個時刻，這場談話，這個人以及這個氣氛，湘亞感到自己的心愈來愈放鬆。

不知道過了多久，承彥才結束話題。他停頓了一下，緩緩地說：「其實，我是想跟你談談柳芸歆的事。」

果然是談那女人。剛進房間時的不安又悄悄地擴散開來。

「談柳芸歆什麼事？」她收在膝上的兩隻手緊握。

「我想跟你談談你們兩人的互動。」他的眼神開始像漩渦了。

「我不想談這個話題。」

沉寂。

然後她聽見一聲嘆息，對方雙眉緊蹙。

「你知道嗎，你跟以前不一樣了，」承彥突然激動起來，語調也變得高亢，「以前的你是那麼活潑，那麼陽光，卻突然在一夕之間陰沉下來，甘於做柳芸歆那女人的走狗……」

她突然感到有點頭暈目眩，注意力渙散，尤其是頭，好像不是自己的……

「我不忍心看你不快樂，我想要幫助你。」

恍惚中，她看到承彥站了起來，再度成爲一道瘦高的黑影……

湘亞用兩隻手撐著桌緣，吃力地站起身，往後退。

「小亞，坐好，你爲什麼要站起來？」

對方繞過桌子朝她靠近，雙手緩緩往前伸……

——爲什麼，爲什麼我突然全身無力呢？難道……

一瞬間，不知哪來的力量，她猛地轉身，朝敞開的門外飛奔而去。她跌跌撞撞，摸著左側牆壁，最後摸到一個門把。

是走廊上那扇雙扇門。她推開門，眼前又是另一條走廊，左右兩邊各有房間。也許是本能指引，她快步靠右向前奔去，發現那又是一道雙扇門……

回頭一看，承彥的影子已追趕而至，她的心急跳，四肢則是愈來愈無力。

再度推開雙扇門，右邊是下樓的樓梯，左邊是一個不知名的房間，房門是關上的。

她撲上前，試著將門打開。門沒鎖。進入房間後她立刻將門關上。裡頭的燈是亮著的。湘亞手忙腳亂地門上門，然後急著尋找電燈開關。

——要是讓他發現門縫底下瀉出燈光，他就會知道我在裡面了……

牆壁有兩個開關，她按下其中一個，這時門外傳來聲音。

「小亞，出來吧，我看見你躲進裡面了。」

他還是來了！

她一陣頭暈目眩，視線開始迷濛，同時心底湧生一股恐懼。恐懼的來由卻不是因爲害怕自己逃不過門外男人的手掌心，而是因爲就在她身體失去抵抗力的同時，虛弱的眼神不經意掃過了地板上的物體。

隱隱約約地，視野中出現一把鋸子……

（九）二月十日，二十二點二十五分

若平別開雙眼，作嘔感襲上。

「另外一張是兄嫂的屍體照，」白任澤的語調十分抑鬱。照片喚醒目睹親人慘死的回憶，教授沒有當場崩潰，顯示他意志力十分堅強。

若平看著白任澤操作著滑鼠，點開第二張圖片。裡頭的景象與先前教授所述並無二致，他沒有多看幾眼便別開視線。

白任澤關掉信件視窗。

「沒有任何頭緒這封信是誰寄的？」若平問。

「如果有，你就不會在這裡了。」

「說得也是。」

教授好像不抽菸。通常在這種時候，有菸癮的人應該會狠狠吸上幾口。但白任澤沒有，他只是眉頭深鎖，啜飲著咖啡。

「教授，那你認爲這封信有什麼涵義？」

「我也不是很清楚，不過我有一個想法。」

「願聞其詳。」

「只是我的直覺……從信件主旨看來，有人不認爲楊瑋群是一年前血案的兇手，而這人與他有親密的關係或很深的交情；寄照片給我是希望我這命案關係人能找出眞相。」

「難道這神祕人物握有什麼證據可以證明楊瑋群不是兇手？」

「如果有的話，早就提供給警方了，也許他只是不信，覺得眞兇另有其人。」

「好像有道理，不過這神祕人物爲何不自己尋找而選擇寄照片給你？」

白任澤避開若平的眼神，自顧自地說著：「也許他認爲楊瑋群會死有部分原因是因爲我的證詞，再加上我一開始的確以爲楊瑋群就是兇手，曾公開說過一些不好聽的話……」白教授眼神黯淡下來，似乎在尋思著接下來的話，「寄信給我的人也許是想給我一個將功贖罪的機會。」

「可是教授，兇手很有可能就是楊瑋群，如此一來，去查一年前的案情便無甚意義。」

「我知道，但我直覺事有蹊翹。事關親人，不可不愼。」

「要一名業餘偵探調查一件已經被警方經手過的案件，而且是一年前發生的案件，許多線索可能都早已灰飛湮滅，我很懷疑我能再發現新事證。」

「你剛剛是說『可能』。」

若平嘆了口氣，「好吧，我想您心意已決。」

「另外，」教授接著說，「當然也希望你能找出寄信的人……我聽過一些你的事，我相信你有能力辦到。」說出最後一句話時，白任澤緊盯著若平。

「教授，」若平斟酌著回話，「如果你想找出寄信的人，應該向警方求助吧。他們有科技手段，我沒有。你應該也很希望令兄的血案不要留有隱情，而寄信的這名神祕人物有可能知道什麼內幕；這一系列的追查程序，交給警方來會比由我來調查輕鬆省事。」

對方嘆了一口氣，「我認爲這寄信者是與楊瑋群有關係的人，而基於對楊瑋群的愧疚，我不願透過警方公開揭穿這個人。如我們之前所說的，若此人有證明楊瑋群無罪的證據，老早就提供給警方了，警方也會有所動作。所以說，不管我有沒有報警透露這封信，對於去年案件的進展都沒有影響。現在就是因爲警方查不出個所以然來，寄這封匿名信的人顯然也沒有線索提供給警方，因此我才會求助於你。」

但，如果寄這封信的人是眞正的兇手呢？教授有沒有想過這點？畢竟兇手才會有屍體照片……當然，刑案現場的照片意外流出也不是沒發生過，但相當罕見。如果寄件者就是兇手，不報警不行吧？然而，看著對方堅決的眼神，若平感覺到不接受也不行了。

「我會盡力而爲，不過，相信您也知道這件事的困難度。」

「我知道，不論成敗與否，我都會付你酬勞。」

「不是酬勞的問題……我只是想說，一旦我接下了，我會盡最大努力調查，但結果如何就不在我掌控範圍之內。」

白任澤點點頭，「當然，一切麻煩你了。」

「最好現在就開始，首先是那封信件，要查出發信地點可能有點困難，不過寄件者的部分……」

一陣急促的敲門聲劃破室內混雜著風雨聲的的靜謐。緊湊、壓迫。

兩人凝神細聽。

「不是書房的門，」教授眼神銳利地看著一旁的若平，後者會意地點頭。

又是一陣敲門聲，接著有人喊道：「小亞，快開門啊！」

若平覺得那聲音似曾相識，瞬間記憶湧起。「那不是方承彥嗎？」

「聽你這麼一說，的確很像。不曉得他在敲什麼門？」

「我去看看，」說完若平離開書桌邊，朝門口走去。

「一道去，」教授面色凝重地離開旋轉椅。

若平推開書房的門，立刻發現左前方雙扇門的其中一扇開著，一道纖細的人影佇立在門前。是白綾莎。她穿著白色長褲，上身披了件藍色薄外套，長髮紮起。

「綾莎，怎麼回事？」白任澤皺著眉頭問，「你站在那裡做什麼？是誰在敲門？」

女孩表情鎮定，緩聲道：「我聽見有聲響，便出房門來看看，是承彥……」她比了比雙扇門後的空間。敲門聲從裡頭持續傳出。

白綾莎往旁一退，若平與白任澤毫不遲疑地穿越雙扇門。在這趨近正方形的空間裡頭，右半部是下樓樓梯，左半部則是一個不知名的房間（在圖三中編號 n 的房間）。

緊閉的房門前站立著瘦高的方承彥，高舉的右手握拳，不斷擊打著門板。

「你在幹什麼？」

方承彥半轉過身來，盯視著若平；那對眼眸像狂亂的漩渦，翻騰激盪著水花，夾雜著憂慮與憤怒。

「小亞把自己鎖在這房間裡，不肯出來。」

「這間應該不是她的臥房吧？客房區不是在這裡啊……」

「到底發生什麼事？岳湘亞爲什麼會跑進那間空房？」白任澤來到若平身邊，用疲倦的語氣質問。

「我說過了，小亞跑進這房間，從裡面上鎖，不肯出來。」

「我知道，不過岳湘亞爲什麼要跑進去？」白任澤有點不耐地又重複了一遍問題。

「這個……」方承彥眉頭更緊了，「可以待會兒再說嗎？先把她弄出來！她一點聲音也沒有，我擔心……」

若平看了教授一眼，但發現對方眼中也寫滿問號。

方承彥低吼了一聲，竟然開始用腳踹起門；白任澤慌忙上前把年輕人往後拉，若平架住他的肩膀。

「你幹什麼！」教授喘著氣。

「抱歉，」方承彥啐了一聲，甩開若平與教授的手臂，轉身面對另一側的窗戶，像一道冷峻的影子。

「我只是太擔心了……可以趕快把門鎖解開嗎？」

若平對白任澤說：「我沒看到任何鑰匙孔，這是怎麼回事？」

「別問我，雨夜莊有不少門就是設計成這樣。你不能期待這棟前衛藝術的建築內所有細節都能為人理解。」

「既然如此，只能破門而入了！」方承彥突然往門撲去，差點撞倒一旁的白任澤。

這名瘋狂的男人開始對門拳打腳踢。方承彥儼然已經失去理智，因為他的踢擊凌亂失準，不但沒踢中門板，反而踢在門框以及門邊位於腰際高度的電燈開關。

「冷靜！」教授提高音量，「要的話用工具來破門！給我一點時間，我去找！」。

白任澤迅速離開，只留下若平瞪著方承彥瘦高的背影。

聽到教授承諾去找工具，方承彥停下動作，大口喘著氣，緩緩離開門邊。若平抓住機會上前試了試門把，的確是從裡面鎖上了。

他原本打算問對方事情的來龍去脈，想想還是算了。再怎麼問得到的回答應該也是跟剛剛相同。很明顯地，方承彥現在不想開口，只想知道岳湘亞在房裡發生了什麼事。

白綾莎仍舊靜靜地站在雙扇門旁，但雙眉緊蹙；在她冷靜的外表下，可以發現祟動的不安。

幾分鐘後，白任澤匆匆趕來，手上多了一把小斧頭。方承彥一把搶過，立刻對著門板猛劈。有了武器後，門板上立刻被砍出一道縫，隨著強勁的力道衝擊與木板折裂聲，裂縫愈來愈大。方承彥將手探入縫內，解開門閂，打開門。

就在他急切地往房內移動時，驟然停住，就像被強力膠固定在地板上；接著，方承彥整個人往後一彈，幾乎是直接以後蹬的方式跌坐在地板上，斧頭落在一旁，臉上寫滿驚愕。

若平與白任澤衝到房門前。

房裡的燈是亮著的。

「我的天，」教授驚呼，他的臉色死白。「綾莎，別過來。」

小房間裡頭瀰漫一片昏黃的燈光，雖然光線不甚明亮，若平仍可看出房內沒有窗戶，沒有家具，空蕩蕩的一片。只除了地板上的幾個物體。

一個有著圓盤底座的空衣架倒在地上，上頭繫著一段釣魚線。

一把上頭有著血跡的鋸子躺在門邊，鋸面反射出亮光。

一具軀體——穿著女性的服裝——以俯臥的姿態撲倒在地板上，沐浴在血泊中。

那猶如火山口的頸部以空洞的姿態對著若平，血液如噴灑出的岩漿滑落；頸部的斷裂面參差不齊，像一團被攪爛、加了鮮紅調味料的麵糊……

耳鳴的感覺湧生。

沒錯，屍體的頭部不見了。而且可以肯定的是，那斷裂的頭顱並不在這空蕩的房內，房內只有無頭屍體。

若平茫然地轉身，望著方承彥。「你確定你看見岳湘亞進入這間房間？」他的聲音乾澀、無力。

「百分之百確定，」方承彥低著頭，語調絕望，「那是她的衣服沒錯。」

「你聽見她鎖上門，接著你就一直待在房前，直到我和教授前來？」

「是。」

「沒有任何人進出？」

「答案是沒有！不要再問了！」坐在地板上的年輕人雙手抱頭，哀嚎起來。

「這不可能，」白任澤用手背拭著額頭的汗，語調高亢，嗓音顫抖，「這不可能！到底是怎麼一回事？」

若平緊抿雙唇，望著眼前同樣茫然的三個人。深邃神祕的夜中，只有風雨的訕笑聲傳來，再沒別的了。

第二章 斷首夜

……睜大雙眼，兩手緊抓住脖子上的圍巾。窒息感愈來愈強烈、愈來愈強烈……
有人要殺她！有人要殺她！
到底是誰……到底是誰……
她拚命地想回頭，但對方強大的手勁讓她連轉頭的餘力也沒有。
掙扎！掙扎！

（十）二月十日，二十二點三十分

一切景物彷彿失去了色彩。綾莎試著讓自己振作起來。

她眯著眼將視線投向那扇死亡之門。門被關上了。顯然將門關上的是站在門邊的林若平。那位大學教授面色凝重，右手包覆著一條手帕。一開始綾莎以為林若平是太過緊張才取出手帕拭汗，但下一瞬間她才領悟到那條手帕的作用是為了防止他在門上留下指紋。因為林若平隨即說：「我們先退出這裡，請各位的手不要亂碰週遭的任何東西，尤其是案發現場的物品。」

「是不是要先報警？」白任澤臉色蒼白地問。

「當然。不過我懷疑這種風雨，警方是不是能趕到……不管了，報警的事麻煩您了。報完警後，希望教授能幫我集合一下屋裡所有人，地點就在一樓客廳好了，不要讓他們隨意走動……還有，這扇樓梯間的雙扇門是不是有鑰匙？我想把它鎖起來，以防有人隨意進出。」

「我知道了，我把那扇門的鑰匙先交給你，」白任澤點點頭，立刻回身往書房方向走。

綾莎趕忙叫住父親：「爸，集合所有人的事交給我來好了。」

白教授轉過頭瞪著女兒，神色嚴厲，「不行，屋內可能有個殺人兇手在走動，讓你獨自行動太危險了。你到書房用我的電話報警，再把鑰匙交給若平；至於集合眾人的事我來。」

「可是……」

「不要可是，趕快去，不要耽誤時間！」

林若平冷靜的嗓音傳來。「綾莎，你爸說得對，快去吧。」

「知道了。」她衝入走廊，右轉進入書房。

於她眼中殘留的最後影像是直挺挺站立的林若平、疾走的父親，以及臉色茫然、呆坐在地板上的方承彥。

湘亞死了……

心中尚未有多餘的空間去咀嚼消化這則事實，除了驚愕，她感受不到其他情感。

電話，電話在哪裡？

目光梭巡，她抓起書桌旁的分離式電話，撥號。

接下來的十分鐘，可能是綾莎一生中最絕望的時刻。一開始她費了大半的力氣向員警解釋她所在的位置，沒想到對方並未聽聞過雨夜莊；好不容易對方瞭解案發地點是在南橫公路的深山後，立刻轉接給轄區的員警。綾莎等了一陣，最後從對方口中獲知的消息是，山路嚴重毀壞，連搶修工作都難以進行；不少山區已經出現暴雨以及坍方的犧牲者，就如先前社會新聞上所刊登的一樣。台灣脆弱的自然環境，讓悲劇的歷史不斷重演。

警方無法估計多久後才能趕到。綾莎聆聽了一些員警給的簡單指示，便結束通話。

她一放下電話，便發現林若平的身影出現在門口。

「方承彥受到很大的打擊，我剛剛請教授先叫徐秉昱來扶他下去……報警的情況如何？」

「不太樂觀……」她簡要地解釋方才的情況。

林若平若有所思地點點頭，「意料中之事，這種情況我以前也遇過。先把鑰匙給我吧！對了，如果有相機的話更好。」

「好的，」綾莎拉開書桌抽屜，取出一大串鑰匙，那是雨夜莊所有雙扇門之鑰。由於上頭都有貼紙條註明，她很快便找到三樓南側樓梯間雙扇門的鑰匙，並將鑰匙串交給林若平。

「這裡有相機，」綾莎從書桌旁的櫃子取出一個黑色相機包。

林若平接過相機。「你趕快下樓去吧，大家應該都在客廳了。集合之後不要隨意走動，我馬上下去。」才一說完，他馬上從門口消失，就像一道被吞噬的影子。

林若平一走，書房內只剩綾莎一人，空洞的感覺瞬間席捲而來。方才她忍住沒掉下的眼淚，此刻終於落了下來。她頹然坐下。

岳湘亞死了。

這是事實，卻顯得超現實。一股哀慟從內心深處洶湧而至，遍及全身。綾莎明白此時不是難過的時候，但事情實在來得太突然了。她需要時間調整心情。幾分鐘過後，她終於蓄積足夠的力氣。綾莎站起身，挪動腳步，出了書房。

經過左邊半掩的雙扇門時，她從敞開的縫隙中窺看，望見林若平在屍體前半蹲著，似乎正在拍照；她收回視線，開始用較快的速度朝前方盡頭的門邁進。

在這個時刻，她腳下的走廊彷彿成了一條綿長的黑蛇，無邊無盡向遠方延伸；牆壁上的黃色夜燈垂淚般地閃爍著。漫無終點的絕望感，瀰漫在她呼出的每一道氣息。綾莎覺得自己每踏出一步，腳底下的地板便晃動一次，令人頭昏目眩。

她從屋子最北側的樓梯下樓，到達一樓後，眼前是縱向貫穿雨夜莊的長廊，客廳在盡頭靠近玄關處。所有的人都在裡頭。

綾莎的出現引起了一陣騷動。白任澤舒了一口氣，放心地招手說道：「快過來坐好，我們等林若平下來……」

她在言婷知的鄰側坐下。

言婷知臉色一如往常般冷漠，沒有任何波瀾，她看見綾莎時只是禮貌性點了點頭，沒再多說什麼。徐秉昱眉頭深鎖，左搖右晃像一頭躁動的貓，他從口袋中掏出香菸，亮出打火機，但在欲彈指點燃的那一刻卻又收手，將打火機放回口袋，如此重複了兩三次。方承彥臉色緊繃，眼神呆滯，宛若陷入了異次元空間。柳芸歆仍維持著高傲的姿態，但看得出來她力持鎮定，眼角透露著不安。

辛蒂與小如不知所措地坐在客廳角落的木頭椅子上；前者低著頭，望著地板，後者兩手緊握在大腿上。

隨時會爆發的氣流飛竄在房內，挑戰每個人的忍耐限度。綾莎極力抑制再度湧起的暈眩，望向同樣緊繃、面色緊繃的父親。

「希望各位先不要隨意走動，」白任澤語調沉重地宣布，「我們等林若平先生下來，再做下一步行動。」

「搞什麼鬼！」徐秉昱一聲怒吼，從沙發上暴跳起來，「到底發生什麼事？你突然把我們集合起來，現在是就寢時間你知不知道？還有方承彥那傢伙為何一副死臉？」

「眞的非常抱歉，」白任澤不為所動，「發生了很嚴重的事，我稍後會說明，請你先安靜坐好可以嗎？」

徐秉昱四下梭巡，沒把教授的話聽進去，「為什麼湘亞不見了？我沒看到她……」

綾莎看見父親突然靠過來，對著她耳語，「報警了嗎？」

「嗯，但警方暫時趕不過來。」

「意料中之事。」

徐秉昱突然撲到方承彥面前，兩手抓住他的肩膀使力搖晃。「喂！你到底要不要說？剛剛扶你下來時你就一副精神崩潰的樣子，該不會是湘亞出了什麼事吧？」

「徐秉昱！」綾莎發現自己不自覺地提高音量，讓對方詫異地轉過身。「你讓他沉澱一下吧，你就不能安靜地坐好嗎？」

他們四目相對，她感到自己的視線延伸成寒凍僵直的冰冷之橋，直勾勾地刺入對方的視網膜內；也許是被綾莎的氣勢給嚇著了，徐秉昱在僵持幾秒後立即避開視線，啐了一聲，轉身回到座位、跌入沙發中。

白任澤對綾莎點點頭。

也許鏡面上的分針只走了一小段距離，但對綾莎而言，卻是漫長得猶如生產前的陣痛——雖然她尚未經歷。她頭一次開始疑惑，爲何父親事事仰賴林若平？他只不過是個年輕的大學教授，爲何搖身一變成處理緊急事件的領導者？這不合理，除非……

就在疑惑不斷蔓延時，客廳門口出現那道瘦削的身影，在那道影子背後是長廊深邃的黑暗。

「抱歉讓各位久等了，」瘦削的年輕學者走進客廳。他扶了扶架在鼻翼上的銀邊眼鏡，說：「有一件很令人遺憾的事發生，外加一則不幸的消息。現在需要各位集思廣益來解決難題。」

「究竟是什麼事？」發言的是言婷知，她的語調平穩，「可否請你詳細地解釋來龍去脈？我們現在都一頭霧水，應該有知道事件實情的權利吧。」

「當然，不過請各位要有心理準備。就在不久前，我們發現一具屍體，死者極爲可能是……」他眼神掃了一遍全場，「現在不在場的——岳湘亞。」

每個人的臉色瞬間變了，就如舞台換幕，從陰冷的城堡房間換到荒野的夜雨狂風，空氣注入惡意的分子，嚐起來一陣冷冽。

「你說湘亞死了？」徐秉昱瞪大雙眼，一臉不可置信。

「我無法百分之百確定死者是岳湘亞，不過應該沒錯。」

「無法確定死者是誰？這是什麼意思？」

林若平猶豫了一下才說：「屍體的頭部不見了，但身上的衣服是岳湘亞所有沒錯。」

房內的氣壓似乎更低了，綾莎看見柳芸歆整個人臉色轉白，不斷顫抖，像隻脫離水中的魚；徐秉昱嘴巴半張，一時之間說不出話來。

「你們知道岳湘亞身上的任何特徵嗎？我們必須先確定死者的身分。」

沒有人答話。

就在林若平欲再開口之際，突然有道低沉的聲音說：「她的左手背上有道傷疤。」

說話的人是方承彥。

「左手背？是不是類似刀傷的痕跡？」

方承彥沉默地點頭，然後低頭。

「那恐怕死者眞是岳湘亞了。我剛才檢視屍首時有注意到屍體左手背的傷痕，看起來快癒合了。你知道她是怎麼受傷的嗎？」

這時好像有人驚呼了一聲。綾莎不確定是誰。

方承彥說：「她說那是切菜時不小心割傷的。」

「好吧，總之，死者的身分應該沒有問題。」林若平點點頭，「關於剛剛發生的事，我現在向你們報告一遍。」

林若平有條不紊地將方才發生的事簡述一遍。

「莫名其妙，」徐秉昱右手捏著未點燃的香菸，眉頭緊蹙，「湘亞爲什麼會跑進那空房？方承彥那小子又爲什麼會在那裡？這些你都沒解釋！」

「這，」林若平低聲回答，「你就得問方承彥本人了，不過我想他現在不適合回答問題。我有另一件重要的事要宣布。」

綾莎知道他要說什麼，也明白這件消息會帶來另一陣騷動。

「剛剛我請白綾莎報警，得到的回覆不太樂觀。因爲暴風雨的緣故，山路崩毀，警方暫時無法趕到，目前不清楚需要多久時間。」

「什麼！」大叫的是徐秉昱，其他人也露出無法置信的神色；恐懼的私語聲此起彼落。

白任澤開口：「發生這種意料之外的事，眞的很抱歉。不過因爲事關重大，請各位多加配合，在警方到來之前，聽從林若平先生的指示——」

「鬼扯！」又是徐秉昱。

綾莎本來想出言制止，卻發現徐秉昱針對的不是自己的父親，而是林若平。

「我從剛剛就覺得奇怪，我們憑什麼要聽他的？他是一名學者，不是偵探！」

「他的確是一名偵探。」白任澤說。

偵探！綾莎感到一陣詫異，她回想起不久前那年輕人彎身檢視屍體的背影。父親請他來該不會是爲了……

白任澤繼續說：「雖然若平是業餘偵探，但他曾經幫警方解決多起重大案件。我請他來是爲了調查一年前雨夜莊事件殘存的疑點，沒想到現在情況變成如此。在此也順便徵求各位的同意，讓林若平先生接手整件案子的調查，如何？」

「荒唐！」徐秉昱從椅子上跳起來，「他是正式的警察嗎？或者他有偵探執照？讓業餘人士來處理這麼嚴重的事，那我寧願冒雨開車離開這裡！」

「我對林若平先生有信心，」白任澤冷冷地說：「絕對可以信任他。」

「教授，我來解釋就好，」業餘偵探緩緩走到徐秉昱面前，表情平靜但嚴厲；後者眼神仍維持敵意。

「你大可離開這裡，」林若平說，「不過沒有人的車會借你，而且你一走了之的話，我想你很難跳脫殺人的嫌疑。」

「我沒有殺人。」

「光是自己說，是沒有人會相信的，倒不如留下來好好配合，我們做個簡單的調查，或許能在警方到來前揪出殺人兇手。」

「我爲什麼要聽你的話？」

「我說過，不配合的話，就請離開吧。」林若平轉身，走回他原本在門邊的位置。

眾人默默的眼神直盯著徐秉昱，氣溫降至冰點。

花花公子緊繃地環視四周，原本還掙扎著要說些什麼，但一碰到四射而來的冰冷視線，便狼狽地低下頭，沉入座椅中。

良久的沉寂後，白任澤開口，像口沉重的大鐘，「若平，交給你了，我們現在該做什麼？」

綾莎聽見林若平冷靜的聲音從身旁傳來，清晰而明確。

「我想調查所有人的不在場證明。」

（十一）二月十日，二十三點四十分

「不在場證明」這個詞一出現，爲現場投下了一道陰影，就像惡魔般飛入眾人惶恐不安的心。

若平環視眾人的面孔，有人避開他的眼神，有人直視他。他的眼神最後停留在離他最近的言婷知。

她機靈地說：「要調查不在場證明，那得先確定死亡時間才行。」

「沒錯，這問題我們得請教方承彥，他是最後一個看見岳湘亞的人。」

眾人的視線落至憂鬱男子身上。

方承彥抬起頭，眼神仍舊陰鬱。若平以爲他會看見一雙因悲傷而泛紅的眼眸；相反地，那對眼睛只是像失去光澤的水晶一樣，僵硬而空洞。

「你現在能回答問題嗎？承彥？」若平問。

方承彥緩緩點頭。

「好，那我想請問，岳湘亞爲什麼會跑進那間空房？」

「……我不清楚。」

「這樣問好了，你今晚是不是約岳湘亞出來？」

沉默，然後，「是。」

「你約她在哪裡碰面？」

「三樓的圖書室。」

若平點點頭，做了個暫停的手勢，接著他從口袋中拿出一本小記事本，開始寫下重要的訊息。

「你們幾點見面？」

「十點。」

「接著發生了什麼事？」

「……我請她喝飲料，然後我們聊天。」

「什麼飲料？」

「紅酒，」方承彥的雙眼突然亮了起來，似乎有所警戒。

「你特地準備了紅酒？」

方承彥用下巴比了比沙發後的印傭，「我請辛蒂準備的。」

若平望向那名緊張的印傭，語氣儘量輕柔，「這位先生，」他指向方承彥，「他請你準備紅酒嗎？」

辛蒂眼神閃爍，視線游移在方承彥與若平之間，吞吞吐吐地說：「是、是的。」

「辛蒂，我想問你，你是在一樓的廚房拿酒，然後拿上三樓嗎？」

女傭猛然搖頭，「不是，我在一樓拿，那先生說……自己拿上三樓。」

若平點點頭，轉向方承彥，「你爲何不請辛蒂幫你拿上去？」

「我想自己拿不行嗎？」不知爲何，對方的眼神中出現警戒與怒意。

「當然沒什麼不行……那麼，酒準備好時是幾點？」

年輕人沉默了一會兒，才開口道：「將近十點。」

「是那個時候沒錯嗎？辛蒂？」

女傭點頭。

「承彥，聊天後發生了什麼事？」若平繼續問。

「……她突然跑出圖書室。」

「突然？你不知道原因嗎？」

「不知道。」方承彥的臉頰突然抽動了一下，雖然相當細微，但若平注意到了。

「接著你追了出去？」

「是。」

「一路追到發現屍體的房間？」

「嗯。」

「你親眼見到岳湘亞進入那房間？」

點頭。

「你確定那人是岳湘亞？你有看到她的臉嗎？」

方承彥臉上明顯露出不悅，他帶著惱怒地看向若平。「我不明白你問題的重點，我一路追著她，並目擊到她關上門的那一幕，的確是湘亞，我可以確定。」

「當然，我沒有否定你的意思，請不要誤會。」若平在筆記本上記上幾筆後，繼續問：「接著，你就一直待在房門前，直到我與白教授趕到？」

「這問題我回答過了。答案是『是』。」

「謝謝你的配合。」若平轉向白任澤，「教授，我想請問，命案現場的房間是什麼用途？爲什麼會連一扇窗也沒有？」

「那應該是用來堆放雜物的房間，」白任澤皺著眉，「這裡房間太多了，很多都是久未使用的空房。我們搬進來沒多久，很多房間都還沒清掃……這棟房子很多設計都不合常理，只能說是建築師獨特的美學理念。」

「知道了，再來我想請問白綾莎。」

白綾莎抬頭。此刻的她已從不久前的打擊中淡出，恢復沉靜。

「是，請說。」

「你稍早說你聽見聲響所以才出門查看？」

白綾莎整理了一下思緒，以有條不紊的語調回答：「十點二十五分左右我正要就寢，突然聽見走廊上的雙扇門好像被打開——就是靠近我臥房那一扇。我將門開了一道隙縫，瞥見一道身影奔過，緊接著又是另一道影子閃過。我披上外套，悄悄地沿著走廊往身影消失的方向走去。然後我聽見敲門聲和承彥的聲音，你們就來了。」

「你有打開雙扇門看，對吧？」

「是的，承彥站在樓梯旁的房門前敲門。」

「一直到我們發現你前，有任何人從那房中離開嗎？」

「沒有。」

「方承彥除了敲門外，有其他動作嗎？」

「沒有。」

「你能確定岳湘亞與方承彥都穿越了靠近書房的那扇雙扇門嗎？」

白綾莎鎖起雙眉，似乎努力地在回想。「我想應該沒錯。是的，我確定。」

「我不明白，」方承彥開口，表情十分不耐，「這些枝微末節的問題有什麼重要性？難道你認爲綾莎看到的人影是別人？一再確認這些顯而易見的事實有何意義？你不是說要找出兇手？我不認爲這些問題有任何幫助。」

若平沒有正面回答，僅僅說：「我想你跟綾莎的證詞沒有什麼問題，對你們的詢問可以就此打住。」

「對不起，容我打岔，」言婷知說：「我相信你對這些細節的確認有其重要性，應該是跟屍體的狀況有關？可以請你詳述嗎？我想所有人應該都還一頭霧水。」

「沒錯，如你們剛剛所聽到的，岳湘亞進入空房後，方承彥守在門前，白綾莎在更後面的雙扇門，接著我與白教授趕到。在這過程中沒有任何人出入那個房間。」

「這怎麼可能？」言婷知頭一回露出了些許動搖的神色，「你們沒有在房內發現其他人嗎？」

「沒有。如剛才你所聽到的，房內沒有窗戶，只有一扇門，而這扇門不但受到監視而且還自內反鎖，但卻有人在裡面慘遭斷首，人頭與兇手都不可思議地消失了。」

（十二）二月十日，二十三點五十分

白任澤抑制不住內心的不安。

自從一年前親自發現兄長的屍體，他便常有頭痛的毛病。妻子過世後，頭疼的次數愈加頻繁。醫生告訴他生理上沒有任何問題，心理上可能需要調適。

如今，腦中宛如架設著一具轟隆作響的馬達，讓他暈眩；不合常理的怪異景況如一口利刃劈破他對世界習以爲常的信任。沒有什麼比基本信念的崩壞更令人感到沮喪的了。

雖然他見過三具同樣慘不忍睹的屍體，但那卻不代表他已習慣屍體的畫面。更何況，那些畫面是他亟欲從記憶中抹滅的。

雨夜莊竟然會再度發生慘案……

「發現屍體的情況完全違反常理，」林若平說：「無法解釋兇手是如何進出受監視而又封閉的房間。」

現場一片沉寂。連徐秉昱似乎都被事件的怪異性所懾服，閉上聒噪的嘴巴；柳芸歆不再顫抖，只是瞪大雙眼，緊握雙手試圖力持鎮定，但顯然徒勞無功。

「房內有沒有祕密通道？」言婷知面不改色地問：「雨夜莊這種奇特的建築物，或許藏有什麼暗道暗門之類的設計。」

白任澤感到眼前這名女孩的聰慧。坦白說，他認爲綾莎所帶來的這群朋友中，最有腦袋的便是言婷知。她那雙躲在冷漠外表後的慧黠眼眸總是默默地觀察一切。

白任澤至今仍不明白爲何言婷知會前來雨夜莊。她看起來與其他人交情並不深，甚至可以說是完全不熟。是綾莎的邀約？還是自願前來？總之，她像一團謎。

「不，就我所知，雨夜莊沒有什麼暗道，」他猶豫了一下，「至少先兄是這麼說的，而且我沒發現……」

「那間空房看起來不像有暗門。」林若平說。

「這怎麼可能？」白綾莎說，「那兇手是怎麼逃出房間的？」

「這就是我們要找出的答案，」林若平翻了翻筆記本，「發現屍體那時約是十點五十分，而死者最後被看到的時間約是十點二十五分。雖然我不是法醫，但以我有限的醫學知識來推斷，行兇時間大約是在十點二十五分至三十分左右。我們就以這個時間來調查所有人的不在場證明。」

「案發時間我與教授互相作證，都待在書房；方承彥的話，白綾莎看見他奔過三樓中央的長廊，接著出現在命案房間前，只從她的視線消失幾秒鐘，要在這幾秒鐘之內砍掉一個人的頭又製造密室狀態，應該不可能。至於白綾莎，並沒有人能證明她案發當時的行動，不過我和教授後來都看見她站在雙扇門前……」

「我覺得要從另一個角度來看這件案子，」開口的又是言婷知，「因爲方承彥看見岳湘亞進入房內後，就沒有任何人出入那扇門，這點還有白綾莎作證；而那房間的出入口只有那扇門，這不意味著岳湘亞被殺時，根本沒有任何人在房內嗎？」

「你的意思是——」

「岳湘亞要不是自殺，就是兇手在房內設計了某種能自動砍頭的機關。若是前者，調查不在場證明便沒有意義。若兇手果眞設計了這種機關，那一定是爲了製造不在場證明，這麼一來，有不在場證明的人反而有嫌疑了。」

林若平頷首，「但如果眞如你所說，兇手是爲了不在場證明，那也沒有必要把情況搞成明顯的『不可能的犯罪』，這不是多此一舉？反而令人質疑不在場證明。」

「或許房間會被監視與上鎖的情況是兇手沒有料到的。」

「我認爲你所提的這兩種假設比較欠缺說服力。先說自殺，岳湘亞是斷頸而死，她能拿著凶器砍斷自己的脖子嗎？兇手設機關的說法有問題，我在案發現場並未發現任何可實行的殺人機關。」

「嗯，或許只是你沒發現，」言婷知意味深長地微笑。

林若平報以微笑，「我們需要更多線索來得出結論，因此最基本的不在場證明調查還是要進行。」

沒有人出聲反對，只有徐秉昱的咕噥聲與柳芸歆的嘆息聲。

「那好，」林若平說，「我想大家都能認同我與教授有滿牢靠的不在場證明，也許承彥與綾莎的不在場證明也沒有太大問題。那接下來，言婷知小姐，請告訴我你十點二十五分時人在哪裡。」

「我在這裡——客廳。」

「這裡？你在這裡做什麼？」

「因爲我覺得房間有點悶，便下樓閒晃，最後到客廳來坐，聽聽風雨聲，想想事情。」

「什麼事情？」

「恐怕，」女孩露出高深莫測的微笑，「我沒有告訴你的必要。」

「的確。那麼在你下樓到眾人來到之前有發現任何不尋常的事嗎？」

「沒有。」

「案發時間有人能爲你做不在場證明嗎？」

「答案還是沒有。」

「謝謝你，」林若平轉向徐秉昱。「輪你了。」

徐秉昱扔掉挾在手上的菸，沒有正視問話的人。他自稱在餐廳吃東西，而一直待在廚房的女傭小如能替他作證；女孩也宣稱一直到教授來叫人前徐秉昱都沒有離開過餐廳。

白任澤補充：「我到一樓時的確看到他們兩人在餐廳；另外，我到客廳時，言小姐也早已在裡頭，證詞與實際狀況吻合。」

林若平點點頭，「看來我們又排除兩人了。」他轉向柳芸歆，「柳小姐，你呢？」

柳芸歆緊抿雙唇，她打量林若平半晌，才回答：「我一直待在房間裡。這麼晚了，我並不想在大宅邸內閒晃。」

「可以理解。」林若平若有所思地在筆記本上記了一筆，便再度抬頭。「最後剩下辛蒂……辛蒂，請問你今晚十點二十五分人在哪裡？」

「我……」女傭神色不安，眼神飄忽不定，「我不知道幾點。」

「你是說你不知道時間嗎？」

「是的。」

「那請說明一下你晚餐後做了些什麼事。」

「我在……洗衣房。」

「你在洗衣服嗎？」

「是、是的。」

「洗衣房在哪裡？」

「房子的最後面，樓梯旁邊。」

「那時候你有遇到任何人嗎？」

「嗯……」她低著頭想了一下，「沒有。」

「確定？」

「確定。」眼神看向別處。

「謝謝你，」林若平埋頭於筆記中，快速書寫著什麼。

「若平，」白任澤忍不住了，「你有什麼結論了嗎？」

年輕人搖頭，「還沒有，我們需要更多線索。」說到這裡，他開始在客廳踱起方步。

「對了，」白任澤突然想起一件事，「凶器是那把鋸子嗎？」

「你問到重點了，」林若平停下腳步，眼神陰鬱起來，「我說過這個案子有很多奇怪的疑點，除了密室狀態外，再來就是死者死亡的方式。」

「死亡的方式？」

「是的，我剛剛檢查過屍首，發現一件詭異的事。」

外頭一陣雷聲，瞬間震破了籠罩客廳的沉滯；每個人的臉上都疊合著陰影。

「屍體的頭不是被鋸掉的，而是活生生從軀體上扯離的。」

（十三）二月十一日，零點三十分

這棟房子開始變成一種夢魘，高大、深邃，像一堵封閉人心的牆。走在房內筆直的走廊上，則有身處地獄的幽暗感，彷彿牆壁要往自己身上壓迫過來，把意識逼迫得只剩一條隙縫。

若平放下咖啡杯，用心，而不是用眼，再次清楚感受到他的形體所在的這個空間透顯出的奇異特質。

屋內猶如存在隱形的惡魔，凌駕於理智之上；惡魔嘲弄、肢解人類引以自豪的理性與邏輯……

除了詭異的謀殺案，還有來自二樓神祕的腳步聲……

黑暗太濃了；光，還不夠。

再度回到書房的感覺與先前不同，這次多了不確定的驚悚感。

白任澤坐在書桌前，面色憔悴，好像在瞬間老了二十歲。

在客廳解散眾人前，若平宣布了一些重要的事，包括不要單獨行動；有人敲門時不要貿然開門，也不要讓不熟的人進入房內……

新的一天開始了，濃濃的睡意充斥全身，不過現在不是睡覺的時候。

「我們該怎麼辦？」白任澤問。他的面前放著新泡的一壺咖啡，顯然他們今晚非常需要它的神力。

「我不確定，這個案件非比尋常。」

「你覺得岳湘亞的案子跟去年的三屍命案有關嗎？」

這著實是個很難回答的問題。若平緊抿嘴唇，謹慎地回答：「據您之前所說，三屍案存有疑點，這麼一想，便覺得兩件命案間有隱藏連結的可能性很大。不過，未證實前當然不能輕易下斷言。」

教授陰著臉，拉低了嗓音，「昨天是二月十日，去年命案發生的日期。」

若平沒回答，他只是靜靜地看著白任澤，咀嚼著這條訊息。同一天？是巧合？還是預謀？

「我開始感覺到，」偵探傾身向前，皺著眉，托著腮，「這整件事沒有我們所想的簡單……不，我們已經把它想得夠複雜了，但眞相有可能超出任何我們設想得到的答案。」

「誰知道呢？也許日期只是巧合，」教授灌了一大口咖啡，「話說回來，岳湘亞——綾莎的同學——再怎麼想都難與三屍案扯上關係。」

「的確。有必要針對與案件有關的這一群年輕人再做深入的追查，」若平攤開筆記本，草草補充了幾筆，再將翻開的那頁遞給白任澤，「這是整理出來關於本案相關人員的不在場證明與案件疑點。」

凶行時間：二月十日晚間十點二十五分至三十分之間。

姓名	行蹤	證人
林若平	三樓書房內。	白任澤
白任澤	同上。	林若平
白綾莎	一開始在自己的房內，後來離開房間到書房前的雙扇門。	林若平、白任澤（十點三十分）
徐秉昱	一樓餐廳。	小如
方承彥	三樓長廊以及案發現場的樓梯間。	白綾莎
柳芸歆	自己房間內。	無
言婷知	一樓的客廳。	無
辛蒂	洗衣室。	無
小如	一樓餐廳。	徐秉昱

案件疑點：

一、殺人動機為何？是否與去年的三屍命案有關？（兩件凶案都發生在二月十日，是巧合或預謀？）

二、兇手殺人後如何從密室內逃脫？

三、如何／為何帶走屍體的頭顱？

四、兇手如何／為何扯斷死者的頭顱？（扯斷一個人的頭部需要多少力量？）

五、構成密室的理由？（以案件現場狀況而言，並沒有人會直接成為最大嫌犯，死者也明顯不是自殺）

六、兇手是誰？

P．S．屍體雖然沒有頭部，但身著岳湘亞的服裝，左手背上有傷痕，與方承彥的證詞吻合。

白任澤讀畢，將筆記交還給若平，他皺著眉頭說：「我在想若是沒有綾莎的證詞，那恐怕最大嫌疑犯會是方承彥。」

「沒錯，沒有白綾莎，最後見到死者的人會是方承彥。也許綾莎是兇手計畫中的變數。不過如果是爲了將殺人罪嫌嫁禍到方承彥身上，難道不能用更自然或直接的方式嗎？把現場弄成密室，只會造成『每一個人都不可能』與『每一個人都可能』的極端揣測，讓方承彥發現屍體或乾脆把他與屍體鎖在密室內，這不是更好的嫁禍方式？」

「話是這麼說沒錯。」

若平露出遺憾的表情，「說來慚愧，這六大疑點我現在一點頭緒也沒有，尤其是第二、三、四點，實在是太詭異了。」

白任澤不安地交握十指，因爲太用力，指關節都泛白了，「假若方承彥所言屬實，那我認爲兇手一定是事先就躲在那間空房內，再趁沒人的空檔離開。」

「那兇手一定是像透明人。」

「抱歉，這個假設顯然相當愚蠢。」

「也不見得，我現在覺得一切都很難說。」白任澤雙手一攤。「那兇手到底消失到哪裡去了？」

兩人四目對看，就像是瞬間失去了語言能力。

若平敲著椅子扶手，別開眼神，「對了，還有很重要的一點，別忘了我們現在是被困在一個封閉環境，如此一來，對於兇手的身分界定必需要考慮很重要的一點，即兇手是否是外來者。」

「外來者？」

「沒錯，雖然目前沒有任何跡象顯示兇手是外來者。有必要針對此點再做必要的搜查……」

此時書房的門突然碰地一聲被打開，白綾莎站在門邊，喘著氣，臉泛紅潮。

「什麼事？」白任澤倏地從椅子上彈跳起來。

「爸，還有林若平先生，我想你們最好下去一趟，徐秉昱他……」白綾莎吸了一口氣，「他強行要開車離開雨夜莊，但方承彥的車鑰匙卻不見了。」

（十四）江正宇的獨白

岳湘亞的頭顱仍靜靜躺在地板上。

我沒有移動它。我這一生從未看過屍體，而斷掉的人頭對我而言比起完整的屍體更令人震懾。我的全身不住顫抖，腦中如錄放影機般不斷重播著那幅血腥的畫面。

岳湘亞的眼神淒厲、惶恐，黑色的頭髮如鬼魅般四散在她籠罩陰影的臉上。一顆孤零零的人頭躺在孤零零的空間內，彷彿唱著淒美的哀歌。這一切的一切，顯得如此不真實。

我原本想將人頭移進樓梯旁的房內，畢竟讓它躺在那裡看起來太悲慘了。於是我試著把向外敞開的房門關上，想用房門將頭顱推進去。但房門關上後還是碰不到頭顱，所以我最終還是打消主意，離開現場了。

我現在躺在自己房間的床上，反芻著方才客廳的談話。聽取了林若平的狀況說明後，我才知道那是岳湘亞的人頭；一明白死者的身分，那張猶如蒙克的名畫《吶喊》的面容便像瘟疫一樣在我的思緒中蔓延。

不敢相信岳湘亞死了，而且身首異處。

據林若平所說，案子相當詭異，死者在密室內被斬首——不，是活生生被扯斷頭部。想到這裡，我不禁毛骨悚然。這棟雨夜莊一年前才發生過三屍命案，打從一開始踏進這棟建築便感受到一股刺骨的寒意，但命案早已事過境遷，有什麼好怕的？雖然一想到自己可能正與死者的亡靈睡在同一張床上，但我不斷催眠自己不是那麼沒膽的人。一旦心境轉換，一切也就不同。

最重要的，別忘了來此的目的。

不過，岳湘亞被殺的消息爆發後，那股恐懼又回來了，很可能這棟房子裡躲藏著一名鬼影般的殺手，伺機而動；也許，這名殺手還有下個狙擊的目標……

如果我主動揭露出岳湘亞人頭的所在地，對案情進展會不會有幫助？

不行，那會破壞原本的計畫。事到如今我還是很在意我的計畫……即使已經出了人命也與我毫不相干。來雨夜莊這一趟，稱得上是一場冒險，一場別出心裁、大膽的遊戲，我有我玩遊戲的獨特方式……

突然，一陣騷動聲傳來，我坐起身細聽。

（十五）二月十一日，零點五十分

在一同下樓的途中，若平與白任澤聽取白綾莎說明事件的概況。

稍早眾人在客廳解散後，綾莎留下來安撫兩名女傭；之後她從房子北方的階梯上樓，到達三樓後她聽見右手邊客房區傳來喧鬧聲。徐秉昱與方承彥站在長廊上不知道在爭執些什麼。

「該死！一定是被偷了！」徐秉昱大吼一聲，隨即朝綾莎走去，經過她身旁時，連一眼都沒看，便急促地穿越樓梯前縱向的長廊，右轉，消失了蹤影。當綾莎詢問留在原地的方承彥時，他懊惱地說：「徐秉昱想離開這裡，向我借車，但我的車鑰匙卻不見了。他認爲是其他人偷走了，現在要一間間去搜。」

接著他們兩人立刻趕到位於雨夜莊左翼三樓的客房區。徐秉昱一邊高聲喊叫一邊敲門，言婷知、柳芸歆都被波及。綾莎趕上前解釋目前的情況。

兩人都說沒看見方承彥的鑰匙。徐秉昱本欲強行進入搜查，在眾人極力反對下而作罷。他拋下一句：「一定掉在客廳！我們在那邊待那麼久！」便急奔下樓去了。

「我也去看看，我倒想知道鑰匙跑哪去了，」言婷知一臉興味地說。她跟在徐秉昱身後下樓了。方承彥猶豫了一下，最後也朝樓梯移動。

之後綾莎前來書房通報，這便是這件騷動的梗概。

若平一行人來到一樓。

女傭小如拉緊外衣站在北邊樓梯下樓右側的房間前，看見若平一群人便一臉焦慮地說：「他們幾個人嚷嚷鬧鬧，說要找什麼鑰匙。客廳找完找餐廳、娛樂室，現在好像轉往車庫。」

「謝謝你。」教授說，「交給我們處理，你趕快回房間去睡吧。」

若平隨著教授的腳步與綾莎一同走向一樓左翼，朝車庫的方向而去。

途中經過了影音室、桌球室、樓梯間，穿越走廊盡頭的門之後即是車庫。若平跟在教授身後推開門。

車庫的燈亮著，徐秉昱站在那輛裕隆旁，雙眼盯著車身；方承彥兩眼無神，抱著雙膝坐在地上，好像不屬於這個世界似的；言婷知穿著T恤加牛仔褲，雙手抱胸，冷眼旁觀一切。

女孩一看見若平他們，立刻點了點頭，「你們終於來了。」

「綾莎告訴我們事情經過了，」若平說，「現在的狀況是？」

「如你所見，他們找到車庫來了，看有沒有遺落在這裡，但似乎是沒有。」

「你怎麼會跟下來？」

「好奇。」

若平看向問題人物徐秉昱，後者緩慢地抬起頭，回看他。

「你爲什麼要找車鑰匙？」若平儘量讓自己的語氣和緩。

「爲什麼找車鑰匙？」徐秉昱瞪大雙眼，金色髮絲散亂垂落在額頭上，「這眞是個好問題，當然是爲了離開這個鬼地方！」

「外面山路不通，狂風暴雨，你怎麼離開？」

「總比待在這裡好！」他吼道，「這裡以前死過人，現在又死人，而且還是被活生生扯斷頭顱！誰還會想待在這裡？」

「我們不能肯定兇手會繼續殺人，」若平說，「難道你怕了？」

「沒有的事！」對方雙眼圓睜，雙拳緊握。

「我看，你還是離開吧。」

徐秉昱只是冷冷地看著他，嘴角突然揚起冷笑。

「我是認眞的，」若平繼續說，「我把車鑰匙給你，你開我的車走吧。」

「若平，這──」白任澤露出困惑的神情。

「不要緊的，相信我，」若平揮手打斷教授的話，又對徐秉昱拋了一句，「你等我，我去拿鑰匙下來給你。」他轉身對白任澤眨了眨眼，隨即走向通往走廊的門。

進入長廊後，若平加快腳步。

他的車鑰匙放在房間內，行李的內袋。

拒絕徐秉昱的要求，只會讓局面更加混亂，倒不如就讓他走，或許更能順利進行調查。姑且不論徐秉昱有沒有可能是兇手──雖然他有不在場證明──留他下來會是一種如炸彈般的威脅，對若平而言礙手礙腳。而如果徐秉昱眞是兇手，他走了大家反而安全，況且他也跑不遠，一定會被困在風雨中。

到達三樓後，他右轉入長廊，走到右邊數來第二間房前。

他已經離開房間超過四小時了。若平推開沒鎖的房門，快步走入。

行李袋靠在床邊。若平打開袋子拉鍊，伸手探入內袋。

空的。

他皺著眉，把整個行李袋翻了一遍。

車鑰匙不在裡面。

若平摸摸褲子的口袋，但空無一物。這動作其實是多餘的，他清楚記得進房間放行李時他把鑰匙串塞入行李內袋；因爲放在衣褲口袋的話，在走路時鑰匙串會匡啷作響，十分不雅。

若平用最快的速度開始對房間進行地毯式搜尋。

五分鐘後他頹然踩上下樓的樓梯，朝車庫疾步而去。

車庫中徐秉昱兩手交叉抱胸，叼著一根未點燃的菸，斜倚在方承彥的車門上；白任澤與白綾莎並排站在牆邊的工作檯前，低聲交談；言婷知靠在工作檯對面的牆壁，沉思著。

至於方承彥，他仍舊抱著膝，低著頭，坐在地板上。

若平一進車庫，徐秉昱立刻用挑釁的眼神望向他。

「鑰匙呢？」叼菸的人問，口中的菸隨著嘴唇抖動了幾下。

「沒有鑰匙，我的鑰匙也不見了。」

「什麼？」徐秉昱的菸掉了，掉在地板上，像一條僵直的毛毛蟲。

「我不知道爲什麼不見，」若平攤攤手，「不過我有個想法，」他轉向白任澤，「教授，可否麻煩您去拿您的車鑰匙？我稍後會解釋。」

「我知道了，我回書房拿。」白任澤挪動腳步，但走沒幾步就停住。他說：「等等，我好像是把鑰匙放在那邊的工作檯。」

「麻煩您檢查看看。」

「好，給我一分鐘。」白任澤走向工作檯。

「難道你要逼迫教授把車讓給我？」徐秉昱看著若平，冷笑道。

「是的，但我想你還是離不開這裡。」

「這什麼意思？」

若平沒回答。他走到徐秉昱面前，彎下腰。

「對不起，請你移動一下，」他對靠在車門上的徐秉昱說，「我要檢查車子。」

「搞什麼鬼？你到底想幹嘛？」

「很快你就會知道。」

花花公子惱怒地咒罵了一聲，退到牆邊。

若平很快地檢視了方承彥的車子。接著，他快速地檢視另外兩輛車。三輛車都沒有異狀。

此時，白任澤轉過身來，臉色蒼白。

「鑰匙不見了。我明明記得放在這裡的抽屜，但全部找遍了，就是沒有。」

「果然，謝謝你了，教授。」

「這是怎麼回事？」

「三個人的鑰匙都不見了，答案其實很簡單。」

「你們在耍我！」徐秉昱咆哮，「是你們謊稱找不到鑰匙，不想讓我離開！」

「理智點，」若平說，「如果是這樣的話，你怎麼解釋方承彥的車鑰匙也失蹤？」

徐秉昱含糊不清地說了幾個字，但終究沒能說出可理解的語句。

若平說：「這裡只有三部車，而三部車的鑰匙都不見，顯而易見，有人不希望我們離開這裡。」

徐秉昱瞪著若平，「那表示兇手想再殺人！如果是這樣，那我的決定是正確的！我們都不該留在這裡！」

「用點腦筋，偷走鑰匙的人不一定是兇手，他有可能是爲了別的目的偷走鑰匙；沒有證據前，兩者不能混爲一談。」

「是這樣嗎？」徐秉昱重新掏出一根菸，叼在嘴上，「那你告訴我，那個偷鑰匙的人是誰啊？看！你也不知道，我就知道你們在耍我——」

「我知道是誰。」若平冷靜地說。

「什麼？」徐秉昱的菸差點沒掉下來。

此刻所有人的目光都聚集在若平身上，連方承彥都抬起頭，瞪大雙眼。

徐秉昱雙手交叉抱胸，背靠牆上，「有趣。既然你已經知道了，就別賣關子了，竊賊到底是誰？」

「那個人就在這個車庫裡，我們六人中的其中一人。」

一陣寂然。

若平面不改色地繼續說：「我會告訴你們我的分析。在這車庫裡只有三部車，而三部車的鑰匙同時失蹤，若不是巧合，就是有人蓄意所爲。排除巧合的理由是，我自己相當確定稍早時將鑰匙置於行李內袋，除非被盜竊，否則不可能不見。至此我知道存在著一名竊賊，偷了所有車的鑰匙，很有可能是爲了限制所有人的行動。先不管他爲何不願有人離開這裡，我們來探究這個人所使用的方法：偷竊鑰匙。你們不覺得奇怪嗎？要限制所有人的行動，最簡單直接的方法不就是刺破車子的輪胎？你們看看工作檯那裡！」他伸手指著不遠處的工作檯，「那裡有著一應俱全的工具，竊賊只消取了必要的工具，再針對車胎下手便大功告成。可是我剛剛檢查過三輛車，毫髮無傷。

「這名神祕人物放棄了最簡單的方法，而採取較迂迴的手段，究竟是為什麼？偷三個人的鑰匙就必須得知三副鑰匙的位置，不但要進行三次偷竊，而且還不能被人發現，這比直接破壞車輛的做法要麻煩了三倍。

「我們來分析看看誰有機會偷鑰匙。只有三個人知道我房間的位置，除了教授以及帶領我到房間的白綾莎之外，還有另一個人。昨晚我離開房間、前往教授書房時遇上這個人。」

「可是，」白任澤開口，「竊賊怎麼知道你把鑰匙放在行李內袋？」

「他應該不知道，但應該很容易猜到。我還能把鑰匙放哪裡呢？」

「的確。」

「有趣的是這個人也碰巧得知你的鑰匙放在哪裡。還記得昨晚你說你把車鑰匙忘在車庫的工作檯上嗎？在場聽到這件事的人除了我，還有那個人。竊盜計畫應該就是在那時成形的。他先試了我的房門發現沒鎖，就決定也對你的鑰匙下手。至於這人不採用破壞車輛的行動，理由有二：首先，偷鑰匙對他而言較方便，因為他自己擁有一副；再者，他自己便是其中一輛車的擁有者，他不想破壞自己的車。」若平望向那個人，刻意停頓了一下，才說：「你說對不對，方承彥？」

竊賊抬起頭看著他，面無表情。

（十六）二月十一日，兩點三十分

徐秉昱關掉浴室的蓮蓬頭，拿起毛巾擦乾身體。

穿好衣服後他回到臥房，上床，熄燈。

今晚——不，昨晚——的一切事情都很荒謬，這就好像在調色盤中突然出現前所未見的色彩一般，困惑了人的視覺，完全打亂了思考的秩序。他覺得他進入了一場風暴之中，已經陷在裡頭出不去了。

每當燈一滅，便會有許多影像開始在他心中流動，那些畫面像冰珠般緩慢爬行於心頭，刺痛又冰冷。其實就如許多破碎的家庭，他早年的遭遇也是浸淫在陰影中。他的父親是個酒鬼，常常喝得不省人事，被朋友抬回家；也經常半夜才酩酊大醉地返家，接著便蹲在樓梯口大口大口地嘔吐。

他對父親的印象是，惡狠狠的臉與拳頭。當父親被醉意操控住全身的意志時，他便得忍受一頓拳腳相向。從小學到中學他幾乎每天都籠罩在暴力的陰影內。每天下午一回家，他畏懼看見父親的身影；沒做晚餐會被揍，功課不好會被揍，甚至連躲避父親的身影都會被揍。母親甚少阻止父親的暴行，不只是因為她本身也是受害者，也因為她晚上直到清晨都不在家裡，而在外面的酒店上班，根本不知道家裡發生了什麼事。有時候他早晨起床時，發現母親的床根本沒有睡過的痕跡，只聽見父親的鼾聲從另一側房傳出。父母親老早就分房睡了。

直到幾年前他才明白為什麼他不配得到父愛，因為那酒鬼不是他真正的父親，他是母親與一名負心又不負責任的男人所生下的。那男人所需要的顯然只是母親一時的激情與肉體。

酒鬼偽父親在他高一時被車撞死了，當然是酒精惹的禍；而從某種意義來說，他覺得是自己殺死了父親。當時他剛從學校回來，剛停放好腳踏車，便望見父親醉醺醺地從門口出現，一看見他就露出怒容，喊道：「徐秉昱！你這死小子！你早上沒有倒飼料給魚對不對？」

父親養了一堆孔雀魚和黑殼蝦，要求他每天早上出門前都要餵。恰巧那天他忘了，魚死了兩隻。魚會死亡有很多原因，不必然是因為他早上忘了餵飼料，況且父親也不常替魚缸換水，也沒有使用過濾器，飼養環境相當差，魚猝死的情況早就發生過好幾遍。

那樣性格暴烈的父親，爲什麼會有飼養小魚的情懷呢？是否父親的心中也隱藏著一塊不爲人知的祕密園地……

但他卻從來不想去了解那片園地，在他眼前只有暴力的影子，包裹在酒瓶裡，阻隔在他與父親的心靈深處之間。

魚死了。持著酒瓶的父親擎起門邊的長棍子朝他撲來，他拔腿就跑，奔過家門前的馬路，穿越了數個街口。就在他橫越第三條馬路時，他喘著氣轉過身子，看到那搖搖晃晃的身影高舉著瓶子與棍子，口中呼喊著他的名字，踩著踉蹌的步伐，顛簸地撲走向前……

下一瞬間的畫面，是他記憶中的沼澤，在遊走回憶時總會陷入。

一陣衝撞聲，伴隨著震耳欲聾的尖叫聲，一切突然中止，彷彿影片被按下了暫停鍵。數秒後一切又動了起來。

他看見一顆球形物滾動到他面前——滾動、翻面、靜止。那一刻宛若跳動的骰子決定了朝上的那一面。

父親的嘴臉帶著訕笑，帶著一種不眞實的扭曲。他站在那兒與死人的眼神對望，直到警察將他拉開。那整個過程他只感到一種奇妙解脫的快感，好似靈魂從陰影中釋放出來。他想大笑，但忍住了；他想把地上那血淋淋的人頭當足球踢，但也忍住了。沒有人會理解他的狂喜。

秉昱不認爲母親對父親的死有多少哀憐，家中少一個人的結果只不過增加了母親不在家的時間；而媽媽要他好好讀書，不必擔心錢的事。這幾乎是所有母親都會講的話。

校園是另一個痛苦的來源。在他高二時，班上轉進一名高傲跋扈的女學生，作風火爆毒辣，很快地收服了一群死黨，專門欺侮懦弱的男生；而他，便是其中一名受害者。

他已經不願再回想那時的事，不過她們對他所做的侮辱就像白布上的黑點，永遠都抹滅不去。他痛恨那個女人，自己卻軟弱得無法反抗……

他曾經將這件事寫在週記上告知導師，導師也將他與那女學生一同找來質問，對方卻矢口否認，以花言巧語矇騙了導師；再加上他平常表現就相當不好，更難以博取別人的信任。當時自己激昂的情緒反而暴露了弱點，增加對方攻擊的機會。

他的導師是一名戴著眼鏡、年輕而沉默的男人，他不認爲那男人關心過學生，總是整天埋首於自己的筆記型電腦。該名老師看待女學生的眼神總令他感到異樣，直到某一次他目睹導師與那名欺侮他的女學生一同出現在電影院，他才明白自己的處境。

從那一天起，秉昱被迫學會保護自己，被迫武裝自己以對抗任何不利於己的力量。他必須劈破懦弱的軀殼，形塑反抗的武器，而這過程令他的心神超出負荷。久而久之，他習慣了自己的轉變，將之視爲一種脫胎換骨。但每當黑夜時，心緒觸及回憶，他卻又感到一股疼痛難當，腦中浮現父親的頭顱，那欺負他的女性轉學生，以及那名漠然的男老師。

柳芸歆給他的印象實在像極了那名毒辣的女學生。

*

徐秉昱用右手敲敲隔壁房門，觸感冰冷而僵硬。

「是誰？」房內傳來低沉的聲音。

「是我，徐秉昱，能進去跟你說說話嗎？」

停頓。大約十秒後，裡面的人才回答：「你有什麼事？」

「就是有事，可以讓我進去嗎？」

又是停頓十秒，門才緩緩往內滑動。方承彥陰鬱的臉出現在眼前，然後消失在門邊。

徐秉昱挪動雙腿，走了進去。

房裡只開著床頭燈，光線昏黃。方承彥有氣無力地步向靠牆邊的藤椅，坐了下來。

徐秉昱從菸盒挑了支菸，走到床邊面對方承彥，在床沿坐下。

「來一根？」他晃了晃菸盒，兀自吞雲吐霧起來。

「我不抽，你知道的。」

他笑了，「即便在這種時候？你應該學著抽的，真的很有用。」

方承彥緩緩抬起雙眼，用面無表情的臉凝視著他，像一座沉鬱的蠟像。

「你不抽，我不會勉強你。」徐秉昱嘴邊仍掛著笑容。

「你到底要什麼？」

「沒什麼，只是來看你。」

「看我？」眼神突然鋒利起來，「我不是你幸災樂禍的對象，如果你沒有其他的事，就他媽的趕快給我滾出去！」

「別生氣，」徐秉昱揮著兩隻手做出制止的手勢，「我知道你今晚心情很差，對不對？你的意中人被殺了，自己又被當成嫌犯，然後又被困在這個鬼地方，誰能不發狂呢？」

「我沒有發狂，我也沒有被當成嫌犯。」

「哈，那可難說，你偷了兩個人的車鑰匙，又謊稱自己的鑰匙被偷，爲的只是要困住所有人，讓你能跟你愛到發狂的人多住在一起幾天。」

「我並沒有這麼說！」方承彥怒目而視。

「你沒有說，但白痴都看得出來。林若平問你這麼做是不是只是想擁有跟某人多一點的相處機會時，你也沒回答，默認了。最諷刺的是，那人竟然離奇被殺了。」

「我沒有殺她！」

「呵，你當然不會殺她，她不是你的夢中情人嗎？不過，由愛生恨也並非不可能喔。尤其是你偷了鑰匙的舉動更加令人起疑……」

「我說沒有就是沒有！」方承彥憤怒地握緊拳頭，「你來這裡只是說這些廢話給我聽？如果你講完了，趕快滾出去！」

徐秉昱突然從床沿彈跳起來，他向前一把掐住方承彥的脖子，把對方壓向牆壁；一對殘暴的眼眸對上另一對憤怒的眼眸，施力的手指強烈感受到頸動脈的跳動。

「你給我聽清楚，」叨著菸的人說，「你現在很不爽對不對？你滿腔憤恨無從發洩對不對？很好，就是這種眼神——」

方承彥兩手揮動著要反擊，徐秉昱身體往前一頂，左手制住方承彥的右手，另一隻手加深力道，接著又突然放開，把方承彥扔在地上。

方承彥趴跪在地上喘氣，右手不斷撫摸著頭部。

「你聽我說吧，」徐秉昱抽出嘴中的菸，若有所思地看著天花板，「我來找你的重點就是，要跟你談合作，我們有個共同的敵人。」

方承彥痛苦地咳著，沒有抬頭。

「說敵人，這個詞其實用得不好，因爲這個敵人能爲我們帶來愉悅，就像朋友一樣，」徐秉昱重新坐回床沿，盯著方承彥側分的頭髮，「如果你問我是誰殺了岳湘亞，我會說是柳芸歆，只有那女的才有動機，不是嗎？她根本是個有虐待狂的變態女人，將岳湘亞當奴隸使喚，把她折磨得不成人形、毫無尊嚴。你以爲岳湘亞手臂上那傷痕怎麼來的？你不是這麼想的嗎？我相當確定是那樣！」他彈了彈菸灰，「關於謀殺，雖然我不知道那女人是怎麼辦到的，但相當符合她那華麗的風格，」徐秉昱看著地板上的人，「喂，你說說話啊，你是不是也認爲兇手是柳芸歆？說出你的眞心話，就算岳湘亞沒死，你也老早就想砍了那個瘋女人吧？她讓你的夢中情人生不如死，不是該受到懲罰嗎？」

方承彥低著頭，只是默默聽著。

「我也討厭那女人。現在我有一個計畫。」他的語調突然降低，整個身子向前傾，靠在方承彥的耳朵旁，輕聲說：「有人被殺了，這棟房子以前也死過人，現在又有暴風雨，想跑也跑不了。這種風雨，警方都進不來，開車出去是自殺行爲，先前我太衝動了，沒有細想。這一切像一場噩夢，簡直是世界末日，我總覺得注定要死在這裡了，你應該也體會到那種毀滅感了吧？既然都難逃一死，倒不如在死前來做件老早就想做的事……」

方承彥緩緩抬頭，兩眼無神地盯著徐秉昱。

「我們來報復那女人，」徐秉昱露出黃牙，彎起嘴角，「你知道我意思。」

彷彿過了一世紀，方承彥唇角抽動了幾下，吐出含混不清的話語。他茫然的眼神投向床邊的行李袋，未封好的袋口露出一片DVD的封面。

上頭寫著《死刑洞》。

（十七）二月十一日，三點三十分

現在已經是凌晨三點半，雨夜莊像一座死城。

若平站在案發現場門前，托著腮深思。

他用鑰匙打開之前他親自上鎖的雙扇門，來到這個幽冥之地。

照理說在這個夜沉沉的時刻，他的睡意應該很濃了，但他雖感到十分疲憊，卻沒有想爬上床的慾望。

回想昨夜至今天凌晨發生的一切，如夢似幻，他甚至就要相信自己正在作一場夢。

這不是夢，這是唯一可以確定的事。

他面前的房間地板上躺著一具屍體，無法預測是不是還會有第二具。無論如何，都必須以最快的速度解決這件事。

死者所在的空房內看不出什麼特別奇怪之處，不過令他在意的是地板上看似毫不相關的物件：一座空衣架，套在空衣架上的釣魚線圈，一把鋸子。

線圈套在衣架的底座上邊，另一端垂在地板上，看起來像被扯斷似的。除此之外，完全看不出什麼端倪。

如果說利用衣架、繩子、鋸子製造出某種殺人砍頭的機關或許有可能，但死者的頭部爲何會消失就令人百思不解了。

自動斬首機關……如何設置？

問題是，死者的頭顱是被扯掉的，並非刃物的切斷傷，如此一來鋸子爲何會染血？放在門邊剛好沾上的嗎？但血跡沾染的位置卻非在鋸子切割的位置，看起來反而像是噴上去的。

他仔細看了一下屍體倒臥的位置。岳湘亞是以俯臥的姿態趴在地板上，脖頸的裂口正對著門，正好就靠在門邊；以死亡倒地的位置來看，如果案發時凶手在場的話，應該是從背後襲擊她的。

這房間沒有窗戶，這倒是頗奇怪的一點，也許是因爲本來打算作爲倉庫用途，便沒有裝設窗戶吧。這樣一想，便覺得有道理，這房間的面積不大，大概只有客房的二分之一左右，一看就覺得不是用來當作客房。

雖然精神十分不濟，若平還是用包裹著手帕的手仔細檢視衣架、線圈和鋸子，也再次檢查了屍體。

他確定了兩件事。

首先，從屍體手上的傷口、衣物以及體型來看，死者的確是岳湘亞；況且這棟房子內除了岳湘亞之外，沒有其他人失蹤，常理上假定屍體是她應該是合理的。

第二，繩圈、衣架、鋸子上布滿了灰塵，而且灰塵散布結構相當自然完整，看得出已經很長一段時間沒人碰觸與使用了，不太可能被拿來設計什麼殺人機關。它們應該只是白景夫還在世時丟棄在這裡的廢棄物，沒有什麼特殊的意義。

如果是這樣的話，如何解釋密室狀況？有人目睹被害者跑入房內，門外也一直有人監視，被害者卻在密閉上鎖的空間內被來無影、去無蹤的神祕兇手扯斷頭顱、一命嗚呼，然後頭部離奇消失……而在場者的證詞是，除死者外沒有其他人進出那間房。

這簡直是不可能的事，這簡直是神蹟了！

他突然覺得毛骨悚然起來，發現自己面對的黑暗力量是多麼深不可測，而躺在地板上的那具無頭屍體在此刻又是顯得多麼懼怖駭人。

不知道是不是他的錯覺，這房裡有種令人暈眩、噁心的氛圍，讓人一刻都不想多待；昏黃的光線和外頭劇烈的風雨聲拆散他的注意力與集中力；從他踏入這裡的第一刻，便深深感受到那種晦暗的力量。地上的無頭屍體讓他的暈眩感加劇。

注意力已經逐漸渙散的若平帶著不安的心緒收起手帕，出了陰氣森森的房間。

他把門關上，同時順手按了牆上的電燈開關，接著轉身離開。

就在若平欲穿越面前的雙扇門返回自己的房間時，從身後的樓梯方向突然傳出細碎的腳步聲，飄蕩在黑暗的空間。

他停下腳步，慢慢轉身，眼神挪向聲音來源處。

外頭雨勢暫歇，再加上他的聽覺比較敏銳，才能捕捉到了一瞬間的腳步聲響。

以無聲的步伐，他小心翼翼地走近樓梯，右手碰向樓梯間電燈的開關，迅速按下。

燈光亮起的那一瞬間，若平聽見急促的下樓腳步聲，接著是差點跌跤的碰撞聲。顯然，這個人不想被別人發現！

對方匆匆忙忙地下樓，若平三步併作兩步地追上，他辨認出一道黑影消失在轉角處，應該是個男人，但看不清是誰。

拐過轉角，來到二樓，正在他猜測著人影的蹤跡時，往一樓的階梯傳出聲響，於是他毫不遲疑地往樓下衝去。

一樓與二樓之間的樓梯間沒點燈，若平摸索著樓梯扶手快步掠過階梯。快到達一樓時，他聽見門閂被打開的聲音，接著有光線滲入。顯然對方打開了樓梯前的雙扇門，逃往客廳前的那條走廊。

若平的後腳離開最後一階階梯，便立刻飛奔向前。就在他快到達門邊時，右腳突然踢到一團硬物，令他重心不穩。他迅速在黑暗中踩穩腳步，眼角掃過那團物體。心中升起不祥之感。

他向後退，退到樓梯的起點，左手摸索著牆壁上的樓梯間電燈開關。

電燈開關摸起來相當冰冷。刺眼的光線瞬間自上往下洩入。

一陣顫慄感如波浪般席捲他全身。

一張臉以側躺的姿態望著他，面孔扭曲至悲慘的程度，亂髮披散在面頰上，頸部斷裂處稀稀爛爛，整體看起來就像一顆破爛的花椰菜。

雖然面孔變了個人似的，但若平認得那是岳湘亞的臉。只見過幾次面，對方洋娃娃般的面容卻已深刻烙印在他心中。此刻岳湘亞不過是化了妝、換上另一副面貌罷了。

他僵立了幾秒，最後才決定暫時拋下人頭，追逐他原本的目標——那名不知名男子。

若平衝出雙扇門，來到客廳前的走廊，廊上牆壁點著夜燈，光線昏暗不明。他先從玄關方向望去。沒人。接著小心翼翼地往餐廳方向走去。

他的心怦怦直跳，彷彿置身在深邃的地道內，追尋著一道看不見的影子。

到了餐廳門前，他打開裡頭的電燈，依舊是朦朧不清的光線；碩大的餐桌出現在眼前。不在裡頭。

他搜了一遍整個空間，包括角落的廚房。連個鬼影也沒有。

若平離開餐廳，打開對面娛樂室的電燈，同樣搜了一遍，徒勞無功。

若平關掉娛樂室的燈，重新回到走廊，明白自己追丟人了。那道黑影可能已經回到自己的房內，抓不著了。

雖然不明白那個人的目的，不過當時他好像是準備上樓到案發現場。如此說來，那個人很可能就是兇手……

越過兩條走廊的交叉點，他繼續向前走。突然，聽見有人咒罵的聲音。

「可惡！鎖住了！」

是徐秉昱。

若平留在轉角觀望。樓梯左側的房門前站著徐秉昱與方承彥。

「小聲一點，」方承彥低聲說，「隔壁好像是傭人的寢室。」

「那你要我怎麼辦？說好在門上輕敲三下的，卻沒回應，難道她也想耍我們？」

「關掉房間的燈迫使她出來，她應該會怕黑吧？讓我試試。」

方承彥按下門邊的開關，卻沒任何變化。

「沒有用！」徐秉昱吼道，順勢在門上踹了一腳。

「你在幹什麼！」方承彥緊張地叫道。

「她說不定也死在裡面了吧？」徐秉昱冷笑，「稍早我經過這裡時，這扇門並沒上鎖，這會兒門從裡面鎖上了，顯然她人在裡頭。」

「你這樣只會把所有人吵醒，」方承彥已從驚慌轉為無奈的冷漠，似乎知道勸也沒用了。

「或許她鎖上這邊的門，從另一邊的門跑了……另一邊門通向廢棄的網球場，她總不可能在這時候跑出去打網球吧？在發生那麼多怪事後，我寧願相信她還在裡頭！」說罷，又踹了門一腳。

好像是被徐秉昱說服似的，方承彥只是默默地站在一旁，面色緊繃，一瞬間跌入沉思。

若平不動聲色地站著，看著徐秉昱不斷踹門。

正當徐秉昱停下來喘口氣時，若平踏出牆角的陰影了。

「需要斧頭嗎？」他問，語調平板。

（十八）二月十一日，三點五十分

對柳芸歆來說，黑暗本身並不可怕，可怕的是那些製造黑暗的人。雖此，她卻覺得自己的內心深處對黑暗有種無以言喻的共鳴，會不自覺地被吸引過去；縱使她的理智下達反抗的指令，潛意識卻是悄悄地做出反叛。

她感覺得到自己心中存在著一股黑暗的吸力。

或許她是個懦弱的人，怕死、沒膽、故作清高，但有時候她卻又有勇氣踏上通往未知的道路，承擔別人所不敢冒的風險；動力來源來自何處？私慾吧。到頭來她不過是個自私的人。誰不自私？

步下幽暗的階梯，空氣中瀰漫著陰冷，她拉了拉脖頸上的圍巾。

那條紅色圍巾是她最鍾愛的裝飾物之一，濃烈的一股火紅，足以展現出人性底層的強烈慾望與反叛特質；圍巾一端垂得長長的，超過腰際，隨著走路而晃動，展現出另一種風情。再搭配上精心挑選的衣裙、鞋子，她現在看起來絕對是美妙絕倫的一幅畫，任何男人看了都會心動……

她想起方才的情景。她回到房內已疲累不堪，卻完全沒有睡意。岳湘亞的死宛若投下了一顆恐懼炸彈，弄得人心惶惶。她尤其控制不了內心的波動——為什麼，為什麼岳湘亞會被殺？而且還以那麼離奇的方式死亡……這件命案與自己有關嗎？她這麼痛恨岳湘亞，恨不得那女人立即死去，但又希望那洋娃娃蒙受凌遲般的痛苦……

她想起自己的姊姊，也同樣高傲、善妒、工於心計，並且心胸狹窄，但久而久之，她卻也習慣並吸收了姊姊的生活模式。芸歆的父母十年前分居，後來父親臥軌自殺，母親因偷竊以及傷害罪入獄，出獄後寄住芸歆的舅舅家，因為那時已經結婚的姊姊與母親斷絕關係而拒絕收容她。因此，芸歆的大半人生是跟著姊姊一起過的。

中學時，每當芸歆放學回家向姊姊哭訴或抱怨在學校被其他女同學欺侮的情況，姊姊便會冷靜地微笑，走過來用兩手輕扶住她的臂膀，用深不可測的語氣說：「別哭，姊姊教你怎麼報復她們！」她告訴芸歆，要當個澈底的壞女人，盡情地為所欲為，受委屈就要喊出來，才不會被人踩在腳底。對女人，要懂得抓住她們的弱點才能反制她們；對男人，永遠不要付出真心，並盡情利用他們。這是芸歆的姊姊最常掛在嘴邊的話。

彷彿承襲了姊姊的個性，她始終痛恨——不只是嫉妒——那些比她貌美的女人。每當她遇見這種女人，她便有一股衝動，想把她們踩在腳下蹂躪，慢慢凌遲。

芸歆第一次看見岳湘亞，她就明白那個女人註定要被自己痛恨。她嫉妒岳湘亞的美貌，嫉妒岳湘亞的人緣，嫉妒岳湘亞的才華……

爲了毀掉那美麗的洋娃娃，她處心積慮地佈局，完全遵循姊姊所傳授的智慧——利用男人來報復女人，再掌握住女人的弱點。芸歆以她的魅力馴服了一名她認爲可供利用的蠢男人，再利用他去欺騙岳湘亞的感情。一步一步地誘她進入陷阱的核心，再掌握一些岳湘亞不願曝光的證據。

從此岳湘亞乖乖聽話、服服貼貼。看見她所嫉妒的人悶不吭聲、低聲下氣地服侍自己，那種快樂簡直就像吸毒般爽快。

要讓對方痛苦，自己才會獲得快樂。

如今她痛恨的人死了。

現在布滿她心中的是極端的恐懼與不安，外加一些她不願意承認的罪惡。「岳湘亞被殺了」這個句子成爲她腦海中不間斷的回音，迴盪再迴盪……

沿著扶手，她來到了一樓，往前直走可到達玄關，右轉是傭人的房間，左轉則通往洗衣房與雜物室。

空曠黑暗的走廊，讓她心生寒凜。

發生殺人事件之夜，她怎麼還會有勇氣獨自一人在宅邸內走動？是什麼樣的力量給她動力？

芸歆很清楚答案，卻不明白那股力量的本質，也認爲自己沒有自己所想的那麼明白。

方才在房間的畫面，再度湧上心頭。

*

就在她輾轉難眠時，有人敲門，一道低沉的聲音說：「是我，方承彥。」她猶豫了一下，打開床頭的燈，走向門邊。雖然身上穿著近乎透明的睡衣，但她不以爲意。門開之際，方承彥面無表情的臉龐出現在門後。他遞出一張對折的紙。芸歆接過紙張，連回答都還來不及，對方便消失在黑暗中。

她關上門，感到臉頰發燙，心頭躍動。她坐到床沿，攤開紙張。

芸歆：

你一定很訝異我會寫這信給你，其實無須訝異，很多心中的想法，若沒有透過清楚的表達，對方永遠不會知道。人內心中複雜的情感，從外表是看不出的，也因此你對於我底下所寫的內容，毋須震驚。

所有人都知道我傾慕岳湘亞，在她還沒死之前，我以為我愛她。我在意她的一舉一動，腦中無時無刻不想著她，我單純地以為這便是思慕的表現。也因為如此，週遭的人一定也認為，我對你懷有恨意，因為你把岳湘亞當奴隸使喚，讓她從高高在上的公主，跌落成卑躬屈膝的女傭。

曾經，我也這麼認為，我愛岳湘亞，而我恨你。

但人心就是這樣，它像一團糾結的迷宮，一道幻影，我們相信的往往不是真相。實情，恰好與心中所想相反……

岳湘亞死後，我第一個反應當然是震驚、無法置信，緊接而來是哀傷，這些反應都是可以想見的。但哀憐過後，我卻發現自己的內心深處湧起另一股讓我省悟、訝異的情感……

我發現我為之瘋狂的人不是岳湘亞，而是你！

這是一個顯明的事實，我卻看不見自己所要的。明明是一條筆直的路，卻寧願選擇曲折的小徑。我為何不願意對自己承認我著迷於你呢？只是因為別人對你的成見，讓我不敢坦然嗎？以為自己愛上岳湘亞，其實，我是深深嫉妒她的！嫉妒她能整天跟隨在你左右！

原來，我一度以為的愛，是妒忌的變相！

原來，我平時對你的不滿、惡意，竟然只是一種掩藏；其實那些不滿與惡意，是來自我沒有勇氣追求你的懦弱。

一了解我以前有多迷戀岳湘亞，才明白我現在對她的死有多麼歡愉。她醜陋殘缺的屍體讓我想嘔吐，過往的幻影全消逝了。我慶幸，沒有其他人能再靠你靠得那麼近了。

所有人現在都被禁錮在雨夜莊，或許這裡將是我們最後的安息之地。我已不再在意別人的觀感，因此要向你表白傾慕的心意，你願意的話，請在凌晨四點整到一樓北側樓梯旁的房間內等我（下樓梯右手邊第一間房）。為了避免被傭人發現，你進去後先關上門。稍後我會在門上敲三下，你再開門讓我進去。

希望你來。

她用顫抖不已的手將紙張對折。

爲什麼她一直在隱藏自己的情感？爲什麼她寧可武裝、僞裝自己，讓他們兩人表面上處於敵對狀態？因爲她不能付出眞心，因爲她被訓練成冷血無情。

何不趁著這瘋狂的暴風雨之夜，從神壇中跳落，在自己的生命可能被奪去之前……

*

芸歆提早來到指定的房間（在圖一中編號 s 的房間）。她先按了牆上的電燈開關才打開房門，進入。

這房間不大，大概只有客房的三分之一，呈狹長形，有兩扇門相對，包括往走廊的那一扇，以及往戶外的那一扇；後者通往室外的廢棄網球場。這間房原本是作爲運動的更衣室使用，因此朝內朝外各設置了一扇門，方便出入。房內的牆上還保留著放置衣物的架子以及掛鉤，但除此之外，就沒別的東西了。

面對狹小卻空曠的房間，她感到不安。

朝向網球場的門此刻關著。

對，要把門關上。

她闔上通往走廊的門，遲疑了半晌，決定門上門閂。

芸歆轉動門閂旋鈕，卻無法將門閂插進門框上的洞；她必須用左手使勁把關上的門往後推，才能把它勉強插進洞內。她還是覺得在方承彥來到之前，閂上門比較安全。

她轉身，視線再度接觸到另一扇門。此時此刻，心中突然湧生一股好奇，想看看室外的網球場長什麼樣子。她曾有一段時間練習過網球，不知道雨夜莊的網球場設備如何？

芸歆走上前，打開門閂。

門閂解開後卻推不動門。這個房間的兩扇門在建造上十分馬虎。說不定就是這個房間有瑕疵，減少了先前住這裡的人出去打網球的興致，網球場才會荒廢；不從這道門出去，要到達網球場就得從玄關外出，再繞半個雨夜莊才能到達球場。

好不容易她推開門了。一陣風灌入。

她覺得舒服多了，不知道爲什麼，進到這房裡有一種暈眩感與壓迫感，可能是因爲房間封閉太久因爲太過於窒悶。

外頭黑黑的一片什麼都看不清楚。藉著房內透出的微弱光線，她只能看到附近的地面是黑色的泥濘一片。

她將門關上，但門卻卡住了；芸歆開始感到不耐煩，她採取了一項最暴力的關門方式——把門開到最大，再使力關。

碰！寂靜中一聲巨響，棕色的門終於合入門框。

她呆立了半晌，接著心臟開始劇烈跳動，這麼大的聲音，不把隔壁的傭人吵醒才怪，都怪自己太急躁了！

芸歆在原地轉過身，面對朝走廊開啓的門，豎起耳朵留意外面的動靜。這時，她突然想到把燈關掉可能會好一點，萬一傭人起床在走廊上查看，起碼不會發現這房間洩出燈光。

門邊腰際高度的牆上有幾個按鈕，正當她按下其中一個時，有人從身後扯住她的圍巾。

那是一股很強大的力量，脖頸處一陣緊縮感！

芸歆睜大雙眼，兩手緊抓住脖子上的圍巾。窒息感愈來愈強烈、愈來愈強烈……

她馬上明白發生什麼事了。

她方才並沒有門上通往網球場的門，一定是有人聽見巨大的關門聲而趕過來，然後悄悄打開那扇門，發現背對著網球場的她；那個人抓住機會，提起垂落的圍巾，使力一拉……

有人要殺她！有人要殺她！

到底是誰……到底是誰……

她拚命地想回頭，但對方強大的手勁讓她連轉頭的餘力也沒有。

掙扎！掙扎！

意識混亂之際，她隱隱約約聽見對面的門上傳來三聲敲門聲。

是方承彥來了。

不行，怎麼能在現在死去……她用盡全身力量，卻徒勞無功；她拚命想著，只要她能極力掙脫，至少逃到對面打開幾步之遙的那扇門，就能得救；方承彥就在門外等著。只要她此刻能掙脫，她便還有未來……一切生命的欣喜驚奇都還在等待……

在那短暫的瞬間，她一度以為自己能戰勝死神，但她很快明白，沒有人能戰勝死神。

芸歆已無力思考，也無力掙扎。

在一片黑暗降臨的她意識之前，她朦朧地聽見門外有人咒罵：「可惡！鎖住了！」聲音的主人竟然不是方承彥，而是徐秉昱！

瞬間，她最後一絲抵抗的力量灰飛湮滅，整個人沉入深不可測的黑暗。

第三章　鬼影足跡

廢棄的網球場……中間有一道破爛的球網，地面上則是一片紅土……

遭大雨淋過、看起來軟嫩的紅土完全沒有被踐踏的痕跡，一如尚未遭吃食的生日蛋糕，完整、完美。

（十九）二月十一日，四點十五分

網球更衣室的門被砍出一道裂縫，若平留意著劈砍的位置儘量不要破壞門閂。這個門一樣沒有鑰匙孔。

他喘了一口氣，放下斧頭。

方承彥與徐秉昱站在一旁，前者神色凝重，後者神情輕鬆。

兩名女傭帶著恐慌的神色在一旁觀望著。

門已開了一道縫，若平右手伸入，摸索著門閂；當他抓住門閂的旋鈕轉動時才發現門閂卡得死緊，他費了點力氣將門閂拉開。門朝外打開來。

裡頭的景象一覽無遺。在場的兩名女性爆出尖叫聲，摀住眼睛逃到走廊另一側。除了若平之外的兩名男性，不約而同地露出震懾的神色，但很快恢復鎮定。

「果然，」徐秉昱淡淡地說。他伸手摸索出菸盒與打火機。

方承彥用好像在研究標本的神情緊緊地盯著房間裡頭的人——不，是屍體。

若平把斧頭擺在一旁，轉頭說：「小如，不好意思麻煩你跑一遍，請你通報教授並請他把所有人都叫下來好嗎？一樣到客廳集合。另外，幫我把教授書桌上的相機順便帶下來。謝謝。」

站在傭人交誼廳前的小如顫抖地點頭，然後別著頭快步經過更衣室，上了北側樓梯。

若平默默地走入房間，簡單地替那軀體做了檢查。已死透了。

柳芸歆仰躺在地板上，兩隻手抓著圍上火紅色圍巾的脖頸，臉孔扭曲，一如先前橫死的岳湘亞。她的頭向後靠著通往網球場的門，兩隻從長裙露出的腳對著通向走廊的門。

最讓人怵目驚心的是，死者的頭部與軀體成九十度相交，後腦緊貼著門，下巴則以畸形的姿態抵在鎖骨基部上，整個頸部呈現不自然的、近似直角彎曲狀，好似頸骨已斷裂；由於頸部被圍巾包覆，看不出底下皮肉連結的狀況，但光是看，就能聯想到脖子像紙黏土條那般被拉長的慘況。

「勒斃，」蹲在屍體旁的若平默默說道，「兇手用她身上的圍巾進行勒殺。」

柳芸歆脖子上的圍巾從兩端垂下，其中一端無生氣地躺在她胸口，另一端落在頭邊的地板上，底邊有被扯裂的痕跡。

若平皺著眉，站起身。

「發生什麼事了！」白任澤的聲音從身後傳來。

「又一名犧牲者，」若平轉身說。

教授看見地板上的柳芸歆，隨即別過頭去。他語調沉痛地說：「其他人都在客廳了，我先過去等你。」

「我會馬上過去。」

「這，你要的吧，」白任澤遞出黑色的照相機。

「謝謝。」

門外的一群人無聲地離去了。

他用最快的速度拍了照片。

之後，若平看看地板上的屍體，又看看通往外邊的門；接著他用手帕包住右手，試圖推開門。

推門時他感受到那扇木門頑強的力量，他用了點力氣，終於順利把門往外推開。

屍體的頭部往後倒去，有一半躺在外頭的泥地上。

一股冷風吹入，外頭暗茫茫，冷清清。

雨似乎剛停，但有種預感天明之後會繼續再下。

就在他要關起門時，無意間瞥見門邊泥濘的土地上，躺著一段紅色碎片。

若平蹲下身，小心翼翼地用包覆著手帕的手將其拾起。是柳芸歆的圍巾斷片。

他把它塞入口袋裡，準備將門闔上。

腰部高度的門框上纏著幾絲紅色的線，看起來像是來自柳芸歆的圍巾。

屍體的頭還有一部分露在外頭，若平抓住死者的兩隻腳，將屍身往內拖行，直到整顆頭都進入室內地板。

那扇後門很難對付，一直關不上，若平試著用力拉。

經過好幾次失敗的嘗試，終於將門闔上了。

若平鎖上後門，離開房間後順手關上通往走廊的門，接著前往大廳。

踩在空曠而深邃的長廊上，一種莫名的恐懼油然而生。

屋子裡確定藏著一位殺人魔，行兇手法殘忍至極、冷血無情。問題是，他到底是誰？爲了什麼而殺人？

疑問不止這些，方才的行凶現場，隱藏著一個不合理的狀況，就跟第一件命案的不合理處相似。所有的一切都超越他的理解範圍，抓不住切入的角度；案子本身，根本是超自然的產物。

若平進入客廳。裡頭等待的是一張張疲憊、驚恐、絕望的臉。他懷疑自己該用什麼表情面對他們。

「有壞消息，」他說，「又一件命案。」

不用說出遇害者是誰，每個人都了然於心，不在現場的那個人，必定就是死神獵殺的對象。

每個人臉上的反應，若平都盡收眼底；在這些人當中，可能隱藏著兇手，而那個人戴著假面具。

「各位，現在開始進行例行性的調查。我知道你們情緒很難平復，可是我們一定要把握時間。任誰都不想再看到有第三個人被殺吧。」他邊說邊拉了一張椅子坐下。

「若平說得對，」白任澤放開遮住臉的手，露出疲倦的臉孔，「大家務必配合，阻止這瘋狂屠殺的唯一辦法就是找出兇手。」

大廳時鐘指著清晨四點四十分，在這種時候就算有睡意，大概也早就被殺人事件所帶來的恐懼驅走了。

「我檢查過屍體，柳芸歆在我們破門而入那時才剛斷氣，因此她的死亡時間大約是在四點左右。」

「那可以證明我跟方承彥都不是兇手，」徐秉昱玩弄著打火機，一派輕鬆地說。

「的確是如此。我倒是想問你們，你跟方承彥爲什麼會在那裡？」

「有必要回答你嗎？」徐秉昱連看都沒看若平一眼，繼續玩弄著打火機。

「你最好配合一點，不然在場所有人都會變成你的敵人。」白任澤警告道。

徐秉昱暗自罵了一聲，才不甘不願地回答：「你問方承彥吧。」

方承彥緩慢地抬起頭，嘆口氣，「我們只是約柳芸歆到那間房會面，有事想跟她談。」

「關於什麼？」若平問。

「岳湘亞死亡的事情。」

「內容呢？」

方承彥猶豫了一下，「我跟徐秉昱認爲，柳芸歆有殺害岳湘亞的動機，我們只是想私下做一些調查。」

「爲什麼約在那房間？」

「只是因爲我們需要一個隱密的地方會談，而我們發現那房間沒上鎖。」

「好吧。你們約在四點是吧？」

「對。」

「顯然你們到時她已經在裡頭了。你有告訴她要把門給鎖上？」

「沒有，我只告訴她爲避免被別人發現，最好把門關上。她應該是自己把門鎖上的吧。」

說完之後，方承彥陷入沉默，徐秉昱則別過頭。

「再來我想請問辛蒂跟小如，四點前後你們有注意到網球場更衣室的任何動靜嗎？」

兩名女傭緊張地互看了一眼，才由小如回答：「我、我有看到柳小姐進去。」

「請你詳細說明。」

「我在凌晨快四點時，因作了一場噩夢而醒過來。由於空氣很滯悶，我就想說把我房間的門打開，空氣可能會比較流通。打開房門後，我順便走出房外透透氣，正要轉身回房的時候聽見北側樓梯有腳步聲，我趕忙躲回房間。因爲走廊上的夜燈都還開著，我有偷偷瞥了一眼那人的身影。是柳小姐沒錯。」

「你能百分之百確定是她嗎？」

「我……當然不敢百分之百確定，不過她的打扮，尤其是那條長長垂下的圍巾，我印象很深刻，整個身形也很像。在其他訪客中我找不到身材相似的人，因此我才會認定是她。」

「我知道了，請繼續。」

「她進去之後，我繼續留在門口窺看，因爲我相當好奇，她爲什麼會在這麼晚的時間到那裡去。之後我斷斷續續聽到一些雜音，好像是門閂的聲音，接著突然一聲巨響，把我嚇了一大跳。」

「巨響？什麼樣的巨響？」

小如歪著頭思索，「嗯……類似巨大的關門聲之類的吧。」

「巨大的關門聲……」若平拿起筆，開始在攤開的筆記本上書寫。他抬起頭再問，「接著呢？」

「隔壁的辛蒂被吵起來，她打開門看見我，我簡單告訴她發生了什麼事。接著，我們聽到北側樓梯又傳出腳步聲，趕忙躲入房內。我聽到兩個人在竊竊私語，就是方先生與徐先生。事情就這樣了。」

若平點點頭，「最後有一個很重要的問題。從你看見柳芸歆進房後到徐秉昱他們出現之前，有任何人出入那間房間嗎？」

小如搖搖頭，「沒有。」

「好，我知道了，謝謝你們。接下來我想請問白教授。」

白任澤在沙發中坐直了身子，打起精神。

「教授，那間網球更衣室的兩扇門都相當難操作，這點你知道嗎？」

「這我知道，好像是雨夜莊當初建造上的瑕疵，先兄有跟我抱怨過，」白任澤猶豫了一下，才繼續說：「就如昨晚我跟你講過的往事，先兄與石勝峰的恩怨……先兄懷疑過石勝峰在建築上造了瑕疵以爲報復，指的應該就是那間更衣室的問題。當然，實情是否眞如先兄所想，就不得而知了。或許那眞的只是個粗心的瑕疵。」

「也因爲那個瑕疵，網球場便廢棄不用？爲什麼不把門修好？」

「那個門不易進出是原因之一，另外，搬進雨夜莊後先兄其實不常待在這裡，家人甚少聚在一起打球，後來就不了了之。」

「通往網球場的門，門門平常是鎖上的吧。」

「當然……那個房間廢棄很久了，老實說我也只進去過一次而已，就是去確認門有上鎖。」

「今天還是上鎖的嗎？」

「照理說應該是。」

若平看向兩名女傭，小如以細小的聲音回答：「那個房間，我進去掃過一次後，就沒再進出了，這裡房間太多，因爲剛搬進來，所以很多房間都還沒打理，甚至還沒進去清掃，所以……」

「無所謂。接下來我要問大家別的事。」若平謹慎地環視了所有人，說：「我想知道每一個人在四點時的行動。」

「這是浪費時間，」徐秉昱輕蔑地說，「那個時間不在床上不然在哪裡？」

「我只是要確認，這是例行公事。」

這次不在場證明的調查，比起第一案要容易多了。目前還不知道行蹤的人只剩白綾莎與言婷知，而兩人當時都在睡夢中，被小如與教授喚醒。方承彥、徐秉昱看起來沒有機會犯罪；若相信女傭的證詞，小如跟辛蒂也不會是兇手。

不過，這樣的剔除好像過於簡單化……

記錄完不在場證明後，每個人都顯露出疲憊的神色。若平闔上筆記本，說：「現在只剩一件事要確認。我對於第二樁案件感到很疑惑的地方是，兇手進入與逃離現場的路徑。根據小如的證詞，柳芸歆進房後到徐秉昱他們來到之間，沒有其他人出入，如此看來，兇手是從另一扇門——也就是通往網球場那扇——離開更衣室的。

「我剛剛進到更衣室時，通往網球場那扇門的門閂是拉開的，這個事實支持剛剛提過兇手逃脫路徑的假設。那道門外是廢棄的網球場，我約略看過，是泥濘的一片土。由於當時雨已經停了，只要兇手是由那裡逃脫，一定會留下腳印；但因光線不夠，我無法仔細檢視地面。」

現場一片鴉雀無聲，眾人的眼睛鎖在若平的身上，好像不明白他想要表達的是什麼。

「我想……請你們把鞋底亮出來吧，爲了謹慎起見，眞的只是爲了謹慎起見。還有……有人現在穿的鞋子跟昨天不一樣嗎？」

除了白任澤、白綾莎、辛蒂、小如穿著室內的拖鞋或便鞋外，其他人都穿著跟昨天一樣的鞋子。沒有任何鞋底有泥土，或一丁點兒泥土的蹤跡。

「兇手或許沒有那麼笨吧，」言婷知開口了，「他可能用了玄關多餘的鞋子，事後再把它藏起來，或者他是穿自己的鞋子，再回到浴室把鞋底清理乾淨了。」

「或者他根本是光著腳出去！」徐秉昱悶哼一聲。

「等一下查了腳印就知道。」若平說。

「我有一個疑問，」白任澤說，「照你剛剛所說，兇手若是從通往網球場的門離開更衣室，那他如何進入雨夜莊？」

「有哪些門可以進入？」

「門的話只有三道，都在南側：大門、羽球場的門、車庫的門。」

「前兩個門今晚應該都有自內上鎖吧？」

「當然。至於車庫的門要從外打開需要遙控器。」

「如果另兩個門沒有異狀，那最有可能的就是車庫的門了，兇手也許拿了遙控器，之後再放回去。」

「窗戶可能也必須考慮，」教授說，「雨夜莊走廊上的窗戶是不能開的，但房間內的可以。傭人交誼廳有一扇窗在網球場的範圍內。」

「交誼廳的窗戶是從內上鎖的，我們睡前才檢查過，包括我們的房間，」小如用細小的聲音說，「這點我們很確定。」她看了辛蒂一眼，後者點點頭。

「好吧，」若平站起身，「我們最好先檢視兇手留下的腳印。教授，網球場有照明設備嗎？」

「我記得有。」

「可以麻煩現在開啓一下嗎？」

教授也站起身，「沒問題，我記得開關在傭人交誼聽，就在案發現場隔壁。」

「所有人都一起過來吧，」若平說，「集體行動。」

一行人出了客廳，往北側樓梯方向走去。一路上沒有人開口，有的只是空洞的腳步聲。

更衣室的門是關著的，不過裡頭燈還亮著。

白任澤走向傭人交誼廳。若平要眾人在樓梯前等待，自己則打開更衣室的門，進入，再把門關上。

柳芸歆那畸形的屍體仍躺在地板上，兩眼直瞪著天花板。

若平儘量控制自己不去看那可憐悲慘的遺體，專注在眼前的門。

用力推開門後，眼前仍是一片漆黑，但過了幾秒鐘，突然大放光明起來。

廢棄的網球場是與建築物連接在一起的，雨夜莊北側這面牆正是整個網球場的南面；更衣室的門一出去便是以綠色的鐵網籠所圍起的空間，看起來與一般正規的網球場沒什麼兩樣。黑色柱身的照明燈就設置在左右兩側的鐵網籠外。

場地中間有一道破爛的球網，地面上則是一片紅土。

若平倒吸了一口氣。

遭大雨淋過、看起來軟嫩的紅土完全沒有被踐踏的痕跡，一如尚未遭吃食的生日蛋糕，完整、完美。

（二十）二月十一日，六點

言婷知深陷在客廳的沙發中，觀察著疲憊的一群人。

林若平、白任澤與兩名傭人正在外頭尋找可疑的腳印。柳芸歆的死亡來得太突然，眾人的理性彷彿被擊潰。

由於不敢單獨行動，他們只好群聚在客廳，無言地昏睡。

婷知與白綾莎坐在沙發上，後者閉著眼睛打盹；方承彥坐在另一張沙發中，上半身趴在扶手上，將整張臉埋入手臂；徐秉昱直接躺在地板上，面朝上，呈大字形，很快進入了夢鄉。

婷知開始覺得視線有點模糊，疲倦感遍佈全身。她撐起眼皮，強迫自己想些事情。

她從小便是個獨立的女孩，什麼事都要自己來；她是個對自己很有自信的人，喜歡研究各種需要花時間思考的東西。不管是社會懸案、不可思議的超自然現象、純粹的數理演練問題等等，她都抱有高度興趣，願意花一整天時間埋頭在資料的研究中。她母親常說以她這種個性，一定會交不到男朋友，因爲她看起來對男人不感興趣。但母親其實錯了，婷知不感興趣的不是男人，而是無腦的男人。

婷知不喜歡與別人共事，也不求助於他人，她喜歡自己解決問題；未證明她的答案是對的之前，決不與他人分享。這便是她的個性。

她來雨夜莊就是爲了解開一個謎團。目前爲止找不到任何足以解答她疑惑的線索，反而發生了始料未及的連續命案，兩者之間是否有關聯，還有待查證。

她的思緒被走廊的腳步聲給打斷。林若平與白任澤出現在客廳門口。

看到兩人的神色，便知道搜索徒勞無功。

「莘蒂她們在準備早餐，」白任澤用疲憊的語氣說，「很快就可以用餐了。」

不久後所有人都聚集在餐廳。餐桌上放了兩盤饅頭，另外還有兩盤包子。除此之外每個人都分配到一杯豆漿。

本該是美味的早餐，卻看得出來沒人有食慾。

婷知很快用完餐。正當她要走出餐廳時，林若平的聲音從身後傳來。

「最好不要單獨行動。」

「別擔心，我不會有事的。」說完她便離開了餐廳。

她往北走，來到了一樓的十字長廊交叉口。右邊通往琴房與羽球場，但她既不會彈琴也不會打球，因此最後選擇往左走。

長廊的盡頭是影音室，左轉直走則通往車庫。婷知按下影音室的電燈開關，打開門進入。關上門，她仔細打量裡頭的一切。

裡頭可以說是一個豪華的家庭電影院；面對房門的牆壁上開著一扇窗戶，紫色的窗簾緊閉；幾張舒適的沙發擺在南面的牆邊，沙發前還放著一張黑色的矮桌，可以一邊飲食一邊欣賞影片。

東西兩側擺著巨大的玻璃櫃，收納著各式各樣的影片以及各種影音產品。大部分都是她不感興趣的片子。

一台液晶螢幕座落在窗戶旁，看起來很久沒使用了，防塵罩上布滿灰塵；另有一台單槍投影機從天花板垂下，面對北側牆前的投影幕，投影幕兩邊放置著喇叭。牆角也堆著一些攝影器材，感覺全部都是高檔貨。

雖然室內的燈亮著，但她知道外頭的天候仍是一片陰霾；在這發生過凶案的早晨，靜謐的空間中凝聚著一股死寂。

她環顧了四周，確定這裡頭大致上都是電影影片，沒什麼値得探查之處，便往門口走去。

就在手握門把的那一瞬間，她的眼角瞥到東側櫃子的角落。

櫃子最底端的空間中，放著一排不起眼的英語教材，淹沒在一堆影片之中，教材本身是市面上常見的、用塑膠盒包裝著課本與CD的產品。

婷知轉身走到櫃子前，蹲下身子，拉開櫃子的玻璃門，撥開前頭散亂放置的影片，發現裡頭總共堆放了七盒教材。她抽出其中一盒，封面是「英文常用句型三百句」。

爲什麼會在影音室放這種東西？一般這種教材內附的都是CD，並無影像，而且要使用這種學習教材的話，應該是在自己的房間內用電腦或播放器來放會比較方便吧？

她打開塑膠盒。

盒中放著四捲DV帶，每捲上頭都貼有白色貼紙，註明日期。

婷知抽出另一盒教材，打開，裡頭是同樣的情況。

一共有七盒，二十八捲帶子。拍攝的日期全集中在前年的二月、七到九月中以及去年的二月。

婷知拿著DV帶的手微微顫抖。

這會是什麼？爲何刻意裝在語言教材盒裡？如果可以放映出來看的話……

她轉頭看著北側牆前角落的攝影器材。要播放應該不成問題，先確認看看……

她檢視了攝影機的狀況，良好；恰巧她先前待過攝影社，也很認眞學了一些知識，這難不倒她。

幾分鐘後，攝影機螢幕上出現清晰的畫面，她放入的帶子是前年七月初拍攝的。

婷知把房間的燈關掉。燈光太亮會讓她分心。

她雙手捧著攝影機，凝神細看。

螢幕上首先出現的景象，是走廊；走廊的盡頭是一道雙扇門。一開始婷知以爲拍攝者是站在三樓的走廊，背對書房；但後來卻發現，走廊的樣子與她記憶中的三樓不太符合。

拍攝者沒有往前走，而是往左轉，進入一條狹窄的走廊，廊上有兩個並列的房間，房門緊閉。

接著鏡頭又繞回來，對準了遠處的盡頭，往那裡移動，接著出現一扇門。

不，這應該不是三樓……

拍攝者走入「雨」字中間四點左上點的空間，接著又轉身往前走。假設那個人位在三樓，鏡頭最後拍攝到的那扇門應該是綾莎的房門，但綾莎的房間她昨天才去看過，不論是房門的顏色或者門面上的裝飾品都不相同，除非更換過……

鏡頭又移動了，這次拍攝者走出雙扇門，往右轉，走到底，再往右轉，來到一個可眺望的平台。鏡頭往下瞄準，是羽球場。

她終於確定了，拍攝者是位在二樓。可以眺望羽球場的地點只有二樓右翼的走廊盡頭；這麼說來，方才鏡頭短暫停留的那間房，應該是綾莎的堂姊——鈺芸——的房間。

她想起雨夜莊二樓前段的禁區，一直到現在還被封鎖，而影帶拍攝日期是前年，那時慘劇還沒發生，畫面中會出現封閉區域的影像也不足爲奇。

仔細想起來，看見死去女孩的房門，還是令人背脊發冷。

鏡頭又轉換了，掃過羽球場後，又往來時路前去，看似漫無目的地拍攝……

婷知把帶子取出，換了另一捲，前年八月的。

之後又換了四捲。

內容大同小異，看起來都是隨意的拍攝，找不出什麼焦點。拍攝者好像在做雨夜莊的導覽，似乎把整棟房子的每一角落都走遍了。偶爾還會出現戶外的場景，但也只是繞著雨夜莊走，單調地漫遊。看不出攝影的人是誰，這個人從沒出聲過，也沒有其他人物出現，裡面的影像全部都是景物。

一捲一捲看下來，給人一種空洞感，外加一種莫名的不安。

這些集中在二月、七月到九月中拍攝的帶子……

對了，這不是寒暑假的時間嗎？難道……？

一想到或許她要找尋的線索就在其中，便覺得不看完似乎不行。

婷知決定從第一捲看起。

放入前年二月一日的帶子，螢幕再度泛起畫面。

一開始鏡頭在一樓的餐廳搖擺，餐桌上有食物，但因拍攝角度的關係，只看到一部分餐桌；接著鏡頭便跳入走廊，朝著玄關方向。

出乎她意料之外，這次裡頭出現了一個人。

那是一名坐在輪椅上的男子，禿頭，兩手緩慢地推動著輪子往前進。由於是從背後拍攝，她看不到男人的臉；但整體觀察起來，好像是一個老人。

拍攝者跟隨在老人身後，保持著一定的距離。輪椅緩慢地前進，不知爲何，那種空洞單調的節奏，讓婷知產生胸口緊繃的壓迫感。

老人來到客廳對面的雙扇門前，那門早已被推開；鏡頭保持著一定的距離，輪椅持續往前移動……

接下來的畫面，令婷知整個人坐直身子，全身都凍結了！她簡直不敢相信她所看到的……沒想到，竟然是這樣……

過了良久，她才慢慢回過神。

不可思議，太不可思議了，但卻很合理……

她維持坐姿，在波動的情緒中思考岳湘亞與柳芸歆兩件命案的細節；沒想到，這隨意抽取的一捲帶子，竟然洩漏了兇手殺人的手法！這是她始料未及！

雖然知道方法，但仍無法確定兇手是誰，必須再有多一點線索。

如果說這次的命案與去年的三屍案有關，那會是同一個人犯下的嗎……？

或許她離答案不遠了。在最後的眞相揭曉之前，絕不能讓兇手知道自己握有解答「不可能犯罪」的關鍵之鑰，否則會有生命危險。

她猶豫著要不要把剩餘的影帶看完，這時突然又想到，兇手知不知道影音室藏有這些帶子呢？如果知道的話，她不應該在這裡待太久……

就在婷知思考著下一步的行動時，背後突然傳出轉動門把的聲音，門輕輕地開了。

她倏地轉過身去，一道人影站在門邊。

（二十一）二月十一日，六點三十分

在一樓的餐廳，一群人默默用著早餐。

若平的勘查一無所獲。

雨夜莊的鞋子沒有短少，一樓各處地板也沒有泥土痕跡，玄關大門與羽球場的門鎖完好如初，車庫的遙控器看起來也沒有被拿走過的跡象。

最不可思議的是，不只網球場上沒有腳印，連從網球場到車庫的路上也沒有任何腳印。若平與白任澤兩人拿著強力探照燈來回在那條路線上搜索，什麼痕跡都沒找到。反覆檢查之後，若平與教授不得不下出一個結論：根本沒有人往返網球場與車庫之間，如果有的話，這個人一定能騰空飛起。

還有一項證據顯示不可能有人進入網球場，那就是網球場西北側的出入口上了掛鎖。經若平檢查過後那鎖還好端端地懸在那裡，沒有被破壞，而唯一的一把鑰匙早在白景夫死前就已經搞丟了。就算兇手能不留腳印地從車庫到達網球場，那他還得爬越鐵網籠，飛過球場，然後在毫無立足點的狀況下拉開一扇卡住的門，用圍巾勒死柳芸歆，再循原路飛回去。這根本不可能。

對於案情的推理，至此完全觸礁。

當若平和教授展開如火如荼的調查時，其他人全倒在客廳中睡覺。由於一個夜晚連續發生兩件命案，天亮前沒有人敢個別行動。有人倒在地板上，有人倒在沙發上，以各種不同的姿態入睡。等到若平、教授、女傭們疲倦地回到客廳時，已經是六點多了。

辛蒂與小如進廚房準備早餐，六點半時，教授與若平叫醒所有人到餐廳用餐。

餐桌上一陣沉默。就連平常愛抱怨的徐秉昱也默默啃著饅頭。

徐秉昱與方承彥率先用完餐離去，接著言婷知也離開，最後餐桌上只剩若平、白任澤與白綾莎。

教授看著若平。「你應該很累了，我想這件事或許根本是魔鬼的詛咒，解決不了。」

「您相信有魔鬼嗎？」

白任澤把盤子推到一旁，說：「應該這麼說，我不相信宗教裡提到的魔鬼，但我相信這世界上，有很多神祕的事是無法解釋的。」

「無法解釋，或許只是因爲現在的科學還不夠進步。」

「那就表示現階段的我們無法知道答案，也許這案子就是這樣。」

「我倒不這麼想。」

白任澤往椅背一靠，兩手交握，「對你這名偵探來說，當然相信邏輯、科學這些東西可以解答世界上的一切疑問，但對我這個年紀的人而言，會開始去接受一些理性所無法解釋的現象。」

「我能了解您的意思，但我還是覺得，雨夜莊目前發生的一切是經過精心策劃的兩件兇殺案。」

「如果你那麼想，就得找出合理的解答。但問題是這兩件命案本身就超乎常識所能理解。」

「不可思議的案件我並不是沒遇過，這些案件最終都有合理解釋。我相信雨夜莊的案子也是一樣。我現在想再檢討一遍今天的命案，如果可以的話，想請教授以及白小姐一起來跟我腦力激盪。」

白綾莎頷首，白任澤也跟著點頭，「我們當然會幫你。我比任何人都希望這怪案盡快水落石出。」

「那好，柳芸歆命案，我現在嘗試用另一個角度去推敲。」

這時辛蒂把杯盤收走，餐桌頓時空曠，若平不住地聯想起那平整無缺的網球場地。

「先前我說過，殺害柳芸歆的兇手是從通往網球場的門出入，既然現在這個說法產生問題，我決定再回到最原初的可能性著手。」

「你是指，兇手從通往走廊的那扇門出入？」

若平點頭，「是的。但我馬上發現這個說法也行不通。就算小如與辛蒂看走眼，兇手真的趁她們兩人交談時從房間溜出了，這樣的假設會面臨一個問題：兇手如何從外面閂上裡面的門閂？用繩索之類的道具是可以從外門上門閂沒錯，但問題是這個動作根本不可能躲過兩名女傭的視線。再者，裡頭的門閂有問題，必須一手推門、一手控制門閂才閂得上，我很懷疑繩索詭計能成功。」

「我突然想到一種可能性，」開口的是白綾莎。「既然兩扇門都不可能出入，會不會兇手根本就沒有進去？」

「你是指，利用某種殺人機關？」

「是啊，就像在第一件案子，我們也討論過這種可能。」

「不是不可能，但很難想像會是什麼樣的機關，這次的案發現場完全沒有多餘的東西。」

「說到這裡，」教授道，「我又有疑問，這種不可能的犯案情況對兇手有何好處？這問題在第一案也浮現過。」

「沒錯……除了密室構成的理由不明之外，另外還有一個疑點，就是兇手預知被害者行動的能力。」

「這是什麼意思？」

「在第一案中，兇手不可能知道岳湘亞會突然跑進那間空房裡；在第二案中，兇手也不可能知道方承彥會臨時約柳芸歆到更衣室碰面。既然如此，兇手如何事先安排殺人陷阱？」

「我倒是沒想到，這眞的很奇怪，這名兇手好像能掌握被害者一切的私密行動。」

「被害者前往被殺現場的『臨時性』與兇手必須安排犯罪手法的『預謀性』，產生格格不入的牴觸。」

白任澤點點頭，「如果邀她們的人就是兇手呢？這兩個案子有一個相同的邀約人——方承彥。因爲地點是他指定的，他就能事先計畫。岳湘亞會跑進那空房，或許也是根據他的什麼指示……」

「當然，從這個角度想的話他會變得相當可疑，而且兩件命案發生時他正好都在現場。但如果是這樣的話，我就實在不能了解他所使用的手法了。」

討論至此告一段落。若平先行離去，留下教授與白綾莎。前者好像有話對後者說；這也難怪，在發生了那麼多事之後，父親一定有很多想法要與女兒討論。

若平離開餐廳，向左轉，走到客廳前。方承彥與徐秉昱兩個人在裡面玩著撲克牌。他在桌邊的沙發坐下。

方承彥抬頭看了他一眼，「你也來玩嗎？我知道這不是玩牌的時候，但我們實在不知道還能幹什麼了。」

「如果你們不介意的話。」

就這樣，三個人打起「排七」。

若平看著一手爛牌，說：「我這樣問或許很冒昧，但死了兩個人之後，你們的心情有什麼轉變嗎？」

「我也不知道，」方承彥整理著牌，說：「人眞是很奇怪的動物，有時候自己在想什麼，自己都不清楚。人比動物有了理智，卻常無法理解自己的情感與反應。」

「聽起來很深奧。」

「看吧，這就是最好的證明。你永遠不知道自己在想什麼或在說什麼。」

徐秉昱用鼻子噴了口氣，露出不耐煩的神情。

片刻的沉默，三人默不作聲地打著牌。

「你愛岳湘亞嗎？」若平不動聲色地對方承彥拋出這句話，也同時拋出一張黑桃九。

「愚蠢的問題，」徐秉昱冷笑。

方承彥沒有立即回答，他等徐秉昱出完牌後才說：「或許我愛的是自己心中的岳湘亞，而非實際存在的岳湘亞。當看到她的屍體時，我突然感到無比醜陋，不論是她，還是我。」

「你爲了她，實行《死刑洞》中的執著。」

方承彥突然微笑，「你所謂的執著，實際上也沒什麼，我只不過是偷了車鑰匙。這種執著與你破案的執著眞是天差地遠……我發現自己的愛眞是盲目又醜陋，那根本不是愛。」

若平沉吟了半晌。他放了一張黑桃十。「你跟岳湘亞在圖書室時，她爲什麼突然跑出去？」

「你眞的很喜歡問問題，不是嗎？」

「我更喜歡得到問題的答案。」

方承彥丟出一張J，「或許告訴你也無所謂吧，我想她會逃是因爲害怕。」

「害怕？」

「沒錯。」

「害怕什麼？」

「……害怕我。」

「害怕你？」

「害怕我即將會對她做的事，就像不久前我即將對柳芸歆做的事。」

「我想，或許跟紅酒有關吧。」若平丟出最後一張牌。

「你贏了。」方承彥說。

一開始拿到一堆爛牌，最後卻還是贏了。若平眞希望他在雨夜莊的命案中也有這樣的手氣。

「我打一局就夠了，失陪了，」若平站起身，對其他兩人點點頭。離開了客廳。

他沿著走廊往北走。餐廳裡只有兩名女傭神情疲憊地吃著早餐，不見白氏父女的蹤影。

通過雨夜莊中心的十字長廊交叉口，繼續向前邁進，來到第二命案的陳屍現場。

他站在門口前沉思，像個眞正的哲學家。

不知道經過了多久，再次挪動腳步時，只覺得雙腿發痠。思考的成果是零。

若平往南走，回到長廊十字交叉口，右轉。

沿著這條長廊往前走，盡頭是影音室。他想起教授提過雨夜莊的各種設施可自由任意使用。

裡面不知道有些什麼，進去看看吧。

他走到門前，慢慢轉動門把……

(二十二) 二月十一日，七點四十五分

婷知將攝影機藏到身後，轉頭看向門邊那道影子。

是林若平。

「抱歉，我不知道你在裡面。」

「沒關係的，我馬上要出去了。」

「不，是我打擾你，我只是到處看看罷了。」說完，林若平關上門。房裡又恢復靜謐。

現在呢？

繼續把帶子看完的話，勢必還要花很多時間。她如果在這裡待太久，可能會讓眞正的兇手起疑。雖然她也還不清楚兇手知不知道這些帶子的存在……

不管怎麼想，都應該先離開影音室。不過在離去之前，要先收拾一下現場。

在收拾帶子與攝影機的同時，她突然猶豫起要不要告訴林若平關於她剛剛的發現；經過深思熟慮後，她決定不說。

理由之一是因爲，依她的個性，一向不喜歡與人分享發現與研究的成果；林若平若有本事，也要靠他自己去找到答案。理由之二，這件事有可能牽涉到一年前的血案，與她打算調查的事件有關，不希望透露給第三者知道。然而，最主要的理由還是，以目前的情況而言她還不能相信任何人，包括負責調查案件的林若平。

婷知本來想把所有的DV帶都帶走，但數量不少，帶出去的話容易被人目擊。經過考慮後，她決定只帶剛剛看過的最後一捲，這捲包藏重大祕密的帶子可以有其他的用途；剩下的帶子，等找到機會再進來看……

處理好移動過的東西後，婷知把DV帶往口袋裡塞，往房門移動，輕輕打開門。

門外的走廊沒人，隔壁的桌球室房門緊閉，裡頭傳來塑膠球碰撞地板的聲音。可能是林若平在裡頭玩球等待她出來吧？

婷知走向十字走廊交叉口，一邊思索著ＤＶ帶的用途。用這捲帶子引誘兇手現身，未嘗不是個好方法，但細節要再擬定。

她很想立刻驗證兇手使用的犯罪手法的可行性，但貿然動作很容易就被目擊，還是先回房間計畫下一步再說吧。

當婷知轉往北側時，轉頭瞥見林若平走進長廊另一端的客廳。

她愣了一下，因爲她以爲林若平在桌球室裡打球。

那剛剛打球的人是誰……？

（二十三）二月十一日，八點

若平坐在客廳的沙發上，深思。

方承彥與徐秉昱都已經不見蹤影，可能是回房去了。

外頭似乎又下起大雨，淅瀝淅瀝的雨聲瀰漫耳際；雨水拍打在窗戶上，發出單調的節奏，呼應著室內空寂的氛圍。

他的腦袋中仍充塞著柳芸歆慘死的畫面，那是一幅來無影去無蹤的兇手再度成就的藝術畫，殘虐而淒愴。

兩扇出入口，其中一扇有人監視，最合理的推斷自然是從另一扇出入了，但另一邊的出入口卻沒有留下腳印。既然如此，不論從哪一邊出入都說不通的話，也許就是前提出錯，亦即，兇手根本沒有進出那間房。

問題是，兇手如果沒有進去的話，那他是如何遠距離進行絞殺？

如何設置能把脖子擰斷的死亡陷阱？

如果要進行絞殺的話……

等等！

腦中突然閃過一道光芒，一個可能的解答驟地成形！

如果說，絞殺的繩子是來自天上……

柳芸歆打開通往網球場的門，探出頭，這時兇手設置好的繩圈從空中落下，套住被害者的脖頸，再拉緊；也就是說，兇手是從更衣室正上方的房間窗戶探出頭去操作凶器。絞殺後再回收繩子，讓大家誤以爲柳芸歆是被自己的圍巾勒斃。

但若平馬上發現這個想法仍舊有漏洞。如果是柳芸歆自己打開通往網球場的門後遭到來自上空的繩圈殺害，那位在二樓或三樓的兇手要如何把更衣室那扇需要費力關閉的門給關上？

雖然覺得這種方法可行度不高，但他還是認爲有必要勘查一下更衣室上方的壁面——也就是雨夜莊北側後牆——有沒有什麼可疑的痕跡。稍早他與白任澤外出調查時，並沒有特別留意這點。

眞要查看的話，就得繞到雨夜莊北側。雖然從更衣室那裡走入網球場，再抬頭觀察比較方便，但他不想再看到柳芸歆的屍體，於是決定選擇迂迴的走法，從車庫的門外出，再繞到網球場北側。

他立刻離開客廳。

雨衣就掛在車庫的牆上，他隨手抓了一件套上，打開車庫的自動鐵門，往外頭走去。

滂沱的雨勢猶如戰鼓般無情地打在他身上，顧不得鞋子已瞬間被水給沖濕，若平逕自沿著雨夜莊西側往北直走。

沒多久他立刻來到雨夜莊的北面。站立在網球場的鐵網籠旁，左斜前方——在網球場內——即是更衣室的門。

他抬起頭。

以更衣室寬度為準的正上方壁面，直到三樓的高度，呈現整潔平滑的狀態，牆壁上沒有任何可疑之處。

更重要的是，那片壁面上根本沒有窗戶。

（二十四）江正宇的獨白

我坐在床上，思緒困頓。

早上在客廳的那一場牌局，從方承彥口中，我聽到了有關愛的執著的事。

眷戀岳湘亞已久的方承彥，竟然能夠鼓起勇氣冒險偷走車鑰匙，為的就是要把所有人困在雨夜莊，以便爭取自己能與岳湘亞相處的時間。

暴風雨將雨夜莊與外界隔絕，一定是這種絕對的隔離，激起了方承彥內心深藏醞釀已久的激烈情感。

聽完方承彥的事，我感到心煩意亂，情緒需要釋放，最後終於忍不住溜到了一樓桌球室對著牆壁打了場一個人的桌球。桌球是我最愛的運動，但在這種情況下做出如此瘋狂的舉動，連我自己都感到詫異。

回想起自己單戀婷知的過程，是那般苦澀，卻又甜美；我隔著彩霧般的玻璃、半透明的簾幕，鑑賞近在咫尺，同時卻又遠在天邊的藝術品；一種想要超越鑑賞家成為收藏家的衝動不時席捲著我。但我明白自己是不能脫離旁觀者身分的，否則痛苦與無邊無盡的慾望將吞食、腐蝕掉我。

必須有能力維護自己的原則，我不想成為沒有原則的人。

但方承彥所做的事……

來到雨夜莊後，發生了無可預料之事，一名躲在黑影中的殘忍兇手，在一個晚上連續殺了兩名女子，目前仍逍遙法外；雨夜莊又處於與外隔絕的狀態，這等於是與猛獸同處一個鐵籠內，不知何時會喪命……

不，我應該沒有危險。這次的殺人事件恐怕跟去年的三屍案有關，因為都發生在雨夜莊。既然跟三屍案有關，那就與我無關，我根本沒有涉入那起案件。

但如果兇手早已失去理智，我還能確保自己的安全嗎？

孤絕的環境。毀滅。最後的為所欲為。

突破超然界限的衝動。方承彥的瘋狂作為。

各種斷片心緒飄飛交錯於腦海，如暴風般翻騰，震撼著內心築起的高牆。高牆開始出現裂縫，裂縫愈來愈大，內心的呼吼愈來愈強烈……

腦袋因高牆震碎而嗡嗡作響；半透明的簾幕被撕毀，朦朧的玻璃被震破，我的視野突然一片清晰。

嘴角彎起，我笑了。

我終於做出了一個困難的決定。我早該這麼做。

如今，我不再是鑑賞家。我已成為收藏家。

在我的心中，我能看見婷知熟睡著，做著甜美的夢。

而我的夢很快就要實現。

（二十五）二月十一日，十二點三十分

若平花了一整個早上的時間檢查雨夜莊一樓的門窗，並未發現外人入侵的跡象。雖不能就此排除外來者犯罪的可能性，但目前這個可能性愈來愈低。

吃過午餐後，若平來到一樓客廳，繼續思索著。

事實上，他對於二樓前段的封閉禁區頗感興趣，照理說在發生了這麼多詭異的事件之後，是有必要進入那裡搜查一番，或許會有新的線索。

不過，在那之前……

方才在一樓搜查時他便想起一件事。岳湘亞的頭顱依然在一樓南側樓梯間躺著，令人備感淒涼。在警方來到前他不想亂動所有屍體，但讓那顆人頭躺在那裡，卻使他良心深感不安，至少也應該拿塊布或報紙蓋著。

若平在客廳矮桌下的置物架翻找，裡頭雜物很多：一個用途不明的黑盒子、幾盒桌遊、文學雜誌、一盒撲克牌……沒看到報紙。桌邊有一個小櫃子，他打開櫃門，找到一條毛巾，於是拎著它回到雙扇門那裡去。

昏暗的空間裡，地上出現一團物體的輪廓，就像黑色的煤塊。

若平彎下身，將毛巾蓋在上頭。這時他發現地上有乾掉的血泊，昨天凌晨光線太暗了所以沒注意到。

仔細一看，血量不算少，但似乎還不夠多。這到底是怎麼回事？兇手到底是在哪裡殺人的？整件事情實在詭異到極點，如果有人告訴他兇手是在異次元空間殺人，他也許都會相信。

若平站起身，回想著昨天凌晨的情景。

追著那名鬼鬼祟祟的人來到一樓時，那人的確打開了雙扇門的門閂，也就是說，當時門是自樓梯間這一側門上的。

他仔細研究了一下雙扇門的構造。雨夜莊每道雙扇門的構造似乎都一樣，它們可以往兩個方向開，例如他面前這道門，可以往樓梯間推開，也可以往走廊的方向推看。再者，門可從兩側閂上。除了門閂，雙扇門也配有門鎖，能用鑰匙鎖上，使用鑰匙的話從兩側都可以上鎖，也只能用鑰匙打開。

岳湘亞死後，在客廳的調查會議結束時，若平第一個離開客廳。當他踏上走廊看到玄關旁那扇雙扇門時，下意識地上前推了推。門從裡頭閂上。

等等……

白綾莎說過的一段話掠過他腦際。

如果她說的話屬實……

他關好雙扇門，轉身步上階梯，往二樓走去。

來到二樓的樓梯間後，他沒有上樓，而是往此層樓的雙扇門而去。

雙扇門推不開。

若平轉身上了三樓，走到白任澤的書房。教授在書房內。他向白任澤要了二樓雙扇門的鑰匙。教授疑惑地問：「你在打什麼主意？那裡會有什麼線索？」

「我也不知道，可是如果把去年的三屍案考慮進去，那裡的確是關鍵地帶，有必要查看。」

「要我跟你一起去嗎？」

「不必，我知道那地方會勾起您不愉快的回憶，我自行前往即可。」

教授嘆了口氣，「既然如此，你一定要小心，我可不希望連你也出事。」

「放心。對了，有個問題請教，一樓玄關旁雙扇門的門閂，是您門上的吧？」

「沒錯，爲了防止有人隨意上去二樓。」

「那二樓前段南北兩道雙扇門呢？您是怎麼上鎖的？」

「在你們來之前，我從先兄寢室這側門上南邊的雙扇門，接著走到北側，用鑰匙鎖上北側的雙扇門。」

「最後一個問題，這些雙扇門有備用鑰匙嗎？」

「沒有，我應該準備一些的。」

「謝謝。先這樣。」

就這樣，他離開三樓書房，小心翼翼地經過岳湘亞一案的現場，來到了二樓樓梯間。雖然仔細觀察就能知道門應該沒有上鎖，他還是舉起鑰匙，小心翼翼地將其插入雙扇門的鑰匙孔。就如教授所言，門的確沒有鎖上，而是從另一側門上。

抽出鑰匙，他再度踩著無聲的步伐下樓，到達一樓的長廊，再往北走到盡頭，上了樓梯。

來到二樓，他往南而去，來到十字走廊交點上的朱紅色雙扇門。

他掏出另一支鑰匙，插入鎖孔，轉動。門鎖開了，不過另一側上了門閂。

這個地點的正下方在一樓並沒有門，而是兩條長走廊的十字交點。現在所站的這條橫向走廊南北兩面牆上都林列著窗戶，不過除了眼前雙扇門右邊的兩扇窗戶，每一扇窗戶的窗簾都是拉上的，因此室內顯得相當昏暗，只有少許光線從窗簾的縫隙透入。

他走向右手邊那兩扇窗，從窗戶望出去，左前方是雙扇門後延伸的建築部分，依序也有著三扇窗，只有第一扇窗的窗簾是打開的；往正前方看去，是一樓娛樂室正上方的建築部分，看起來是並排的兩間房，左牆上開著一扇窗；右前方可以望見灰色的牆面，那是雨夜莊建築的左翼，因爲大雨滂沱遮掩視線的緣故，不然應該可以看見一整排的窗戶。

眼前這道雙扇門後，便是雨夜莊的禁區，是去年三屍案的發生地點；裡頭的房間格局應該是跟三樓一樣，不過氣氛必定完全不同。

進入二樓前段區塊的途徑只有兩條，一是這道門，二是經由一樓玄關左側的樓梯到達二樓後，再通過另一道雙扇門。

一種荒涼的況味蘊生，他站在無人的長廊上，離過去的死亡如此接近。

雨夜莊的建築構造屬長條形，每一層樓都是由五條長走廊所構成；無論站在走廊的哪一個點上，放眼望去都是深邃、綿長的景象。

無形的鬼魅彷彿就寄生在空氣中，撫摸碰觸著他，混雜在雨聲中，侵襲他的意識。

在雨夜莊，像是被雨水沖刷掉了一切，只留下虛無，空寂。

佇立了幾分鐘後，若平離開雙扇門前，下樓回到一樓客廳。

他心中已經形成一個假設，接下來要做的事就是證明它。

＊

經過幾個小時的搜索，若平重新回到客廳。

晚餐時刻將近，若平癱坐在沙發上，感到頭痛欲裂。一夜沒睡再加上整日調查的疲憊，已經促使他的頭疼宿疾復發，他開始感到意識不清。若平咬著牙想站起來，身體卻不聽使喚；半躺在沙發上，朦朧的雙眼望見白綾莎從門口出現……

「若平先生，你還好嗎？」綾莎趕至他身邊。

「沒事，好累……」他聽見自己說出這四個字，然後意識便一片模糊。

＊

當他再度醒來時，發現自己仍躺在客廳的沙發上，身上多了一條毛毯，眼前的桌上則擺著兩塊三明治與一瓶牛奶。

綾莎坐在另一側的沙發上讀著一本書，沙發旁的立式檯燈開著，那也是房內唯一的光源。

若平抬頭看了一眼時鐘。九點十分。

「你起來了。」綾莎用一貫的優雅語氣說道。

「謝謝你在這裡陪我，真的非常感激。」

「像你先前說的，除非是在自己的房內，否則應該避免獨處。」綾莎的眼神投向桌上的食物，「晚餐在那裡，趕快吃吧，你一定餓壞了。」

「如果你累了可以先回房，我已經沒事了。」

綾莎微笑，「我如果現在回房不就落單了嗎？你慢慢吃不用趕，我有這本小說打發時間，你吃完了我們再一起上樓。」

「好。」

若平揉揉太陽穴，坐正身子，開始吃起遲來的晚餐。

飢腸轆轆的他很快就吃完餐點。

綾莎闔上書本，說：「杯盤放著就好，辛蒂明早會收拾桌面。你要回房間對吧？」

「是的，我還有工作要做。」

「好的，我們一起走。」

他們一起上樓。來到三樓，若平再次向綾莎道謝。女孩輕輕點頭後便消失在雙扇門之後。

一名十分有教養的女孩。若平暗忖。

回到自己的房間後，若平沖了個熱水澡。疲憊感逐漸消失。

出了浴室，他在寫字桌前坐下，拿出筆記本，開始振筆疾書。

停筆，思考，書寫，再停筆，再思考。不斷反覆。時間就這樣悄悄地流逝。

午夜過後，若平仍陷在思考的迷宮中，一陣劃破寧靜的急促敲門聲突然傳來。

「林若平先生！林若平先生！」是辛蒂的聲音。

若平迅速從椅子上起身，趕到門邊，打開門。

女僕一臉驚恐，全身不停地顫抖，支支吾吾地說不出話來。

「發生什麼事了？」

辛蒂抬起頭看著他的雙眼。他發現她哭了。

「綾莎小姐……她……她出事了！」

（二十六）江正宇的獨白

門沒鎖，所以我就直接進去了。

辛蒂會纏住婷知，沒問題的。我有的是時間。

放眼望去，右側靠牆的書架堆滿書，一張有著美麗圖案的床鋪靠在左側牆邊，床腳比鄰著一張堆著雜物的矮桌；對面是古意盎然、井然有序的書桌，再過去則是衣櫥；進房右手邊的隔間是典雅的浴室。

……鑑賞的毛病又犯了，現在不是欣賞房間設計的時候，我有正事要做。

等等，這房間看起來不像是客房。婷知不是住在客房嗎？難道我搞錯房間了？

就在此時，門外傳來腳步聲。

該死！如果這不是婷知的房間，那麼房間主人隨時都會回來。這到底是誰的房間？難道是綾莎……

腳步聲愈來愈近，看來綾莎真的回來了。環視房內，最方便躲藏的地方就是床底下。

沒辦法了。

我迅速關掉燈，彎下身，鑽入床底。

床底下出乎意料地乾淨。女僕在綾莎搬入前應該細心打掃過。

房門被打開，接著燈光亮起。

我趴在地上，從床底下的縫望出去。

從對方走路的姿態來看，那是綾莎，應該沒錯。

綾莎站在衣櫃前半晌，然後進入浴室。

我凝神細聽。若綾莎開始沖澡，那我便可把握機會逃出去。

令我失望的是，始終沒有蓮蓬頭的聲音傳來。綾莎只是在裡面刷牙。也許她在晚餐前就沖過澡了。

我低聲咒罵。要是辛蒂的中文好一點，或是我的英文好一點，我就不會誤解她而搞錯婷知房間的位置了。

結果我現在竟然被困在這裡。這實在太過於荒謬。

如果綾莎無意間注意到床底下的動靜，那我就玩完了。我必須做好心理準備。

我屏住氣息，感受到緩慢流動的時間。綾莎纖細的雙足來回走動，接著突然消失。下一瞬間，我感到上頭有重物移動。幾秒後燈滅了。

綾莎就躺在我上頭。我的心怦怦直跳。我的任何動作，只要過大，都有可能驚動她。我必須等待最佳時機。

黑暗籠罩的房內，緩慢流轉的時間，躁動不已的心緒……我張大耳朵，諦聽著綾莎的呼息，過了不知多久，我終於確認她已熟睡。

就是現在。

我慢慢往前移動身子，就像一條蛇。小心翼翼地，我以極慢的速度將自己推出床底；手肘、膝蓋在此時全派上用場。很快地，上半身已離開床鋪下方。

這就花了我十分鐘。

接下來的另一個十分鐘，我總算讓自己完全脫離床鋪底下。當我站起身時，彷彿可以聽見自己的心跳。就在右腳往門邊挪動時，出乎意料地，一陣疼痛從腳趾沿著小腿襲上，同一時間是清脆的玻璃碎裂聲！

我踢中了擺在床腳處的矮桌！

床上的人突然坐起，綾莎的上半身隱約可見，她的左手快速往牆上掃去。

房內的燈亮了。

我深陷在驚愕中，全身都凍結了。

「你為什麼會在這裡？」綾莎兩手拉著棉被，神色極度驚訝。

我張著嘴掙扎要說些什麼，但立即轉身，一個箭步向前打開門，往門外狂奔！

「等等！」

出了房門往右轉，推開雙扇門，我在十字長廊上徬徨，最後沒多想便往左拐去。向前跑了一段距離，盡頭是公共浴室，我轉入左邊的走廊，沿著長廊奔跑。跑過了三間房，來到樓梯間的入口，停下腳步遲疑了一下，接著快速走入。裡頭亮著昏黃的小燈，視線不明；我只看到眼前牆上有一扇窗，右手邊有房間與樓梯。也許可以暫時躲在這房間。我伸手打開房門，但臨時又改變主意，覺得還是回到原本的地方比較好。於是我放開手，往左邊的樓梯跑去。

我一路奔下樓，所有的美夢全碎裂在身後。

第四章　在密室中墜樓的女人

找不到墜樓的地點，除非——
——死者在密室內墜樓。
他腦中再度湧現這奇怪的想法，以及人體從天花板墜落的詭異畫面。

（二十七）一月十二日，零點四十分

地點是雨夜莊的一樓，比鄰車庫的樓梯間；樓梯間內的北側，右手邊有一道房門（在圖一中編號i的房間），左邊則是上樓的樓梯。樓梯間南側有一道雙扇門可通往車庫。

他們所有人都圍在那房門前，面色緊繃。

言婷知站在眾人圍起的圓圈中心，神情有些激動。稍早便是她在這樓梯間發現異樣後，立即將兩名女僕喚起床，說是白綾莎出事了，要她們到樓上通知其他人；十多分鐘後，所有人齊聚在此。

「綾莎在裡面，」言婷知說，她伸出左手比了比房門，「我聽到她的聲音。」

房門與前兩案一樣，又是從內上鎖。小如與辛蒂已經去取斧頭。

等待的期間，若平問言婷知，「你怎麼知道白綾莎在裡頭？」

「大約二十分鐘前，我下樓來裝水──我房間的水瓶沒水了，我當然是走靠我房間的這道樓梯。來到一樓經過這扇門時，聽到裡頭傳來撞擊門的聲音以及呻吟聲，我立刻走到門邊想打開門，沒想到門卻鎖住了。我貼在門上，往裡頭叫喚，接著傳出綾莎的聲音，很微弱。」

「她說什麼？」

「她說有人要殺她，把她推下樓……在房間裡。」

「在房間裡？什麼意思？」

「她是這麼說的。」言婷知兩手抱胸，面露沉思狀。

「然後呢？」

「就這樣，就沒聲音了。」言婷知回答時環視著眾人，好像深怕別人聽不到她說話似的。

若平注意到言婷知說話的過程，白任澤都緊緊盯著她看，眼神既憂傷又陰鬱。

斧頭很快送來了。若平接過那把有點沉重的物體，開始進行他來到雨夜莊之後第二次利斧揮擊動作。已經有過一次破門的經驗，這次揮起來更得心應手；很快地門裂了一個大縫，燈光從裂縫瀉出。

若平把手伸入裂縫，解開門閂。

裡頭的空間大小與前兩次的案發現場大致相同，瀰漫著暈眩與窒悶感。

遠離房門的對牆邊倒臥著白綾莎的軀體，她仰臥著，頭對著牆的方向，雙腳指向房門，兩手散置在身側。她的頭部底下流淌著一小片的血泊，雙眼緊閉，面容痛苦。

若平檢視白綾莎的身體。她已經死了。

「綾……綾莎……」白任澤全身不斷抖動，以蹣跚顛簸的步伐走向房內，好似隨時會傾倒。

若平站起身，走到門邊。「有誰知道爲什麼白綾莎會在裡頭嗎？」他向房外的人詢問。

沒有人回答。

「言小姐，在你下樓途中有發現任何不尋常的人事物沒有？」

言婷知搖頭。

辛蒂與小如開始啜泣，徐秉昱與方承彥一臉死灰。若平感到心中一陣冰冷。

他轉頭看向房內。白任澤跪倒在屍體旁，背對著他。這一刻顯得超現實。

這是兇手所創造的一場夢境嗎？

死亡隨時都會到來。生命是短暫的，死亡卻是永恆的；生命是一場幻覺，死亡卻是眞理。

綾莎死了。她稍早在客廳讀書的側影浮現心頭。

若平看著白任澤的背影。

不論是誰犯下這些令人髮指的罪行，他都一定要讓對方付出代價；不管這個惡魔多麼聰明，他絕不會讓其逍遙法外。

沒錯，人不能成爲神，但是，人卻可以挑戰神的極限。

＊

白任澤站起身，轉過身。他的臉像一張面具。

教授沒有看向任何人，他拖著蹣跚的步伐走出房間，消失在黑暗中。

「讓他一個人靜一靜吧，」若平說，「我希望你們能跟我配合，全部到大廳去，我稍後就到。」

眾人離開了，現場只剩下若平。

若平深吸了一口氣。他並不想檢查白綾莎的屍體，但那是他必須做的；為了揪出兇手，他不得不做。

踏入房內，一股暈眩感又襲來。為什麼在雨夜莊的三件命案都帶給人暈眩感？這是詛咒嗎？

他環視房內，除了厚厚的灰塵外什麼都沒有，也沒有窗戶，空曠的程度與前兩個案發現場相同。

若平彎下身，靜靜凝視著逝去的人。

他閉上雙眼。

然後睜開，開始檢視屍身。

檢查過後，他發現了一些疑點。

首先，白綾莎的死亡時間不會超過一小時。可是這麼一來……

他想到某件不一致的事。

至於死因，初步看來，應該是頭部重創。

——她說有人要殺她，把她推下樓。

言婷知的話浮現腦際。

從頭部的傷口來看，的確有可能是墜樓所造成的，但不像是從樓梯跌落。如果不把屍體交給法醫來勘驗，憑他的能力是絕對判斷不出來。

另外……

現場的血跡好像太少了些，以這種程度的傷口，應該不會只流這點血；也就是說，這裡不是第一現場？白綾莎是在別處墜樓後，再被移到此處？

但是這跟她死前所說的話不合。

他抬起頭來，想像著死者從天花板掉落下來的情景。

不，不可能。

若平轉身出了房間，把門闔上。

*

來到客廳，沉默的一群人已在裡頭等待。言婷知、方承彥、徐秉昱、辛蒂、小如。

外頭嘩啦啦的雨勢唱著魔鬼的樂章。屋內則下著沉默的雨。

不在場證明的例行調查，幾乎沒有任何意義。在白綾莎死亡的時刻，沒有人有不在場證明，每個人都宣稱在床上，正在夢鄉中。

言婷知的供詞與稍早她所說的一樣，當她下樓發現白綾莎在那房內後，立刻前往北側叫醒小如與辛蒂，然後又一個人返回樓梯間，在那裡等待所有人的到來。

「在發生了兩件命案後，」若平問，「你還敢一個人回到樓梯間？」

言婷知用冷靜的語調回答：「我認爲有必要守候在那裡，面對任何突發狀況。況且，我認爲兇手不會在這麼短的時間內連續犯案，我也不覺得他會那麼容易就得逞。」

「等待期間你有做了些什麼嗎？」

「我試圖與裡頭的綾莎說話，但沒有任何反應；原本想試著打開門，但上了門閂，憑我的力量根本不可能打開。」

「你等了多久其他人才過來？」

「十分鐘左右。」

「問題先到此爲止，謝謝你。」他轉向兩名女傭。「你們被叫醒後的行動，請詳細告訴我。」

兩人互看了一眼後，仍舊由小如發言。「我負責去叫醒白先生，其他人則交由辛蒂。」

若平立刻與辛蒂確認，證實徐秉昱、方承彥兩人當時都在房內。

「教授也在房內嗎？」若平問。

小如搖頭，「不，我到他房間敲門，卻沒回應，書房裡也沒人，我到處找了一遍還是沒看到，這時候辛蒂上來告訴我教授已經下樓了。」

若平記得稍早在他到達現場後不久，其他人與白任澤也陸續到達。

小如繼續說：「辛蒂說她看見白先生從一樓影音室走出來，因此趕快上樓去叫我。」

「原來如此。我想再請問，發生命案的這三間房間，你們都還沒打掃過嗎？」

「更衣室我稍微打掃過一遍，其他兩間房則是根本沒進去過，我跟辛蒂才搬進來不久……」

「暫時沒問題了，謝謝你們。」

「你那沒用的偵訊結束了嗎？可以回房睡了嗎？」徐秉昱用他一貫輕蔑的語氣說道。

「我有一件事想請各位幫忙，」若平說，「我想請各位在兩點半的時候於二樓十字走廊交點的雙扇門前集合，我們要進入去年三屍案的命案現場。」

「什麼？」徐秉昱高聲叫道。

「我需要藉助大家的力量幫我找個東西。至於要找什麼，我到時會告訴各位……請記住兩點半的時候一定要到場，我相信結果一定會讓你們意外。好了，各位可以先離開了。」

方承彥正要提出問題時，若平突然掏出一張紙，將它展開，將上頭的文字展示給眾人看。

一片沉默。

若平確定每個人都讀畢並了解後，便把紙張收起，離開了客廳。

(二十八) 江正宇的獨白

我喘著氣。

我靠著牆壁，床邊的牆壁。

綾莎死了，我在做夢嗎？不，不是夢。

靠著牆壁的背沿著壁面下滑，我頹坐在地板上。

綾莎是因我而死嗎？可是我只不過是躲入她的房間，然後被發現……

事實是，我從三樓樓梯逃掉後，便沒有再看見綾莎；綾莎從房間追了出來，這是我可以確定的，但之後發生了什麼事，我就一無所知。綾莎為什麼會跑到一樓那間奇怪的房間？

根據他們的說法，綾莎是被「推下樓」，從哪裡推下樓？

我兩手緊抓住自己的頭髮，頭痛欲裂，覺得自己快瘋了。

早知道、早知道就不要來雨夜莊了，還不是為了綾莎！現在連婷知都死了！

這場遊戲已經愈來愈過火，我開始失去玩興。是否該離開這裡了？

又屏息聽了半晌，接下來林若平說的話令我瞪大雙眼。

不、不會吧！難道他已經發現了？如果是這樣的話，必須趕快離開……

我看了一眼手錶，發現沒有太多時間。

放下耳機，我迅速把所有物品塞入行李袋。

我拎起袋子，再檢視了一遍房間，確定沒有遺留下任何物品。

我奔出房間。

（二十九）二月十二日，兩點十分

若平、言婷知以及徐秉昱等人站在二樓南側樓梯間的雙扇門前，靜靜等待。

他們靠牆站著，沒有人說話。徐秉昱面露不耐的神色，不斷地玩弄手上的菸。言婷知則一臉泰然自若。

他們已經等了十多分鐘。

狹小的空間內，只有沉默，一種神經緊繃的氣氛滲透入空氣中；南北兩扇窗戶此刻窗簾緊閉，樓梯間瀰漫著昏黃燈光。

就在徐秉昱要開口抱怨時，一聲門閂拉開的聲響突然傳來，雙扇門往樓梯間的方向打開，一道人影出現。

那是一名若平沒見過的男子，年紀應該跟徐秉昱他們差不多。他有一副瘦削的臉孔，鷹勾鼻，面頰上點綴著許多青春痘；他的頭髮亂糟糟地向上翹起，薄薄的嘴唇看起來十分乾燥。

那人目瞪口呆地望著若平和其他人，手中的黃色行李袋頓時掉到地板上，發出沉重的碰撞聲。

「你到底是誰？」若平語氣平靜地問。

「不、不會吧！」徐秉昱擠到若平身邊，神色詫異地大叫。

「正宇！你怎麼會在這裡？」

(三十)二月十二日，兩點十五分

三樓書房內。

白任澤坐在電腦桌前，背對著窗外的雨。

房內只亮著桌燈，筆記型電腦開著，螢幕顯示那封主旨爲「兇手另有其人」的郵件。

教授瀕臨崩潰邊緣。

綾莎死了。這屋子被詛咒了。這個家族被詛咒了。

他的心翻湧絞痛。他的臉頰淚痕猶存。

一直到發現那件事後，他才猛然想起這郵件中的線索。

不過現在腦袋根本無法運作，一想到綾莎，就……

盯著螢幕，拜託！強迫自己！

眼睛緊緊盯著螢幕上電子郵件的內容。

(5,3)(8,3)(6,1)(5,2)(1,1)(6,2) (8,3)(6,3)(1,2)(6,1)……

這應該是關鍵！仔細想！

無止盡的痛苦在心中嘶吼，理智也狂亂了。

鎮定！

數字飛舞，他用盡全力從中找出秩序……

如果是這樣的話……

他拿起筆，在紙上書寫。

……不對。

他丟下筆抱著頭，覺得全身都快炸裂了。

一定是那樣，只不過沒摸對方向。如果是那樣的話……

雙眼在數字間游移，腦袋燒灼火燙，理智暈眩，意識昏亂……

想！想！想！

視線掃過鍵盤。

……對了！

他像被鬼魅附身般地瞪大雙眼，接著低頭用力握筆寫下幾個字。

果、果然！

教授呆坐著，瞪視著前方。

視野中的一切如漩渦般旋轉起來。

在雨中狂亂地翻旋……

（三十一）二月十二日，兩點二十分

「所以你們彼此認識。」若平說。

「當然！」徐秉昱噴著鼻息，「我們都是同班同學。」

一群人全都回到客廳了，包括若平、徐秉昱、方承彥、辛蒂、小如，還有眼前這位陌生男子。年輕男子低著頭，注視著地板，神情狼狽；兩手緊緊抓在膝蓋上方的褲管，不斷顫抖。

「你說你的名字叫江正宇對吧？」若平問。

「對，」江正宇用微弱的語氣答道。

「正宇是一個隱者，」方承彥靜靜說道，「相當低調，像是一個透明人，沒有人會注意到他。」

若平說：「你為什麼躲在雨夜莊？」

江正宇仍舊低著頭，含糊不清的嗓音彷彿從地底傳出，「我……我為什麼要告訴你？」

「你不說的話我就替你說了。你來這裡，是為了某個人吧？」

低著頭的人顫動了一下。

「就如同方承彥是為了岳湘亞來到雨夜莊，你也是為了想跟某個你思慕的人在一起吧！為了她，你冒了很大的險在其他人到來前潛入雨夜莊，並躲藏在二樓的禁區，監聽所有人的一舉一動！」

「監聽？」徐秉昱叫道，「你是什麼意思？」

「就是這個意思，」若平彎下身，從桌底下取出一個黑色盒子。「你們看這是什麼？」他把盒子放在桌上。

「這、這是……」

「竊聽器。」言婷知不急不徐地說道。

「是的，我想江正宇的行李袋中應該有耳機與其他裝置。餐廳的餐桌底下另外還有一個黑盒子。」

「餐廳也有？」徐秉昱不可置信地盯著江正宇。

「沒錯，我推斷他還打算放置第三個，」若平看著低垂著頭的男人，「告訴我們來龍去脈吧。」

江正宇僵持了一會兒才緩緩抬起頭來，他的面孔扭曲。「我、我的確是暗戀著……綾莎。」當他說著綾莎的名字時，眼神與語氣都有一種不自然的僵硬。「雖然她從來沒有多看我一眼，可是……那種單戀的心情你們是無法體會的。」

「難不成是你殺了她？」徐秉昱齜牙咧嘴，嘴唇間的菸也掉了下來。

「我、我沒有！你們一定要相信我！我沒殺任何人，絕對沒有！我根本料不到屋內會發生殺人這種恐怖的事……」

「是這樣嗎？難道不是由愛生恨？」徐秉昱冷笑道。

「絕對不是！」江正宇抱著頭，狀極痛苦。

「他看起來不像會殺人，」言婷知道，「這不像他的風格。」

江正宇眼角顫抖地看了言婷知一眼，但很快別開眼神。

「我相信你，」若平說，「請繼續。」

江正宇低下頭，花了點時間重振精神，「我、我一知道綾莎邀請岳湘亞還有其他人前往雨夜莊遊玩，心裡便萌生了異想天開的念頭。我明白以我這樣一名平時離群索居的人，如果也加入他們，一定會被認爲有問題。因此，我決定偷偷前往……聽說雨夜莊很大，格局也複雜，既然如此，應該有不少地方可以躲藏吧。就算不能跟綾莎碰面，光是伴隨在她身旁，我就很心滿意足了……畢竟，我從來就是個旁觀者……」

世界上有一種人是過客，他們自詡自己的本質爲旁觀，而不干預；他們以超然的姿態觀察這個世界，將自己透明化。

江正宇，顯然是這種人。

「有了這個念頭後，我便開始想，光是躲藏在雨夜莊裡，要看到綾莎而不被發現是滿困難的，如果我只是一直躲著而看不到她，那也沒什麼意義了。我一開始的想法是想弄個……弄個……針孔攝影機來……」

「針孔攝影機？你這好小子！」徐秉昱的冷笑轉爲譏諷。

「請不要對我有誤解，」江正宇用痛苦的語氣說，「我絕非什麼心裡有病的變態，我只是……單純地想當一名鑑賞家，你們知道鑑賞家嗎？」

「瘋子。」徐秉昱下了結論。

「況且以我的管道，弄不到針孔攝影機，卻只有竊聽器。其實光是聽聲音，我也就滿足了……」

江正宇一直不敢抬頭，或許是羞愧吧，其實他心中也明白不論再怎麼粉飾自己的說辭，聽起來仍像對白綾莎的玷汙。而白綾莎的朋友們就在面前，怎能不斟酌言詞？

「我事先調查好雨夜莊的地理位置，便在其他人前往雨夜莊的前一天騎著機車上了南橫公路，那時還沒開始下雨，因此路況還算不錯，最後在晚上順利找到雨夜莊。我把車藏在附近的樹林，便往玄關去。

「要取得進入的途徑是比較麻煩的一點，我採取了比較原始的技巧——在玄關前幾公尺的地上放了一個黃色袋子，然後上前按門鈴，再躲到建築側邊。如果出來應門的人被袋子所吸引而上前察看，我便可趁機進入。倘若這個方法行不通的話，我也準備了能從窗戶入侵的工具……」

「還眞精采，你前世是盜賊嗎？」徐秉昱又是一記訕笑，但沒有人理會他。

「按下門鈴後，我躲在一旁窺看，沒想到出來的人是辛蒂……」

「果然，」若平道。

「你似乎什麼都知道，」江正宇用顫抖的眼神看了若平一眼。

「是嗎？繼續吧。」

「……好幾年前辛蒂在我家幫傭過，我跟她十分熟稔。我那時候想，如果能夠讓她成爲我在雨夜莊中的內應，那一定會方便許多。

「我出現在她面前時她嚇了一跳，不過我示意她別聲張，並希望可以找個安靜的地方談談。我沒有透露我眞正的目的，不過辛蒂也沒問，總之她願意幫我。我只希望能找個舒服一點的藏身處，附有衛浴設備，以及需要辛蒂幫我準備三餐。當然最重要的是，她要替我保密，不能洩漏我的存在。」

辛蒂在江正宇提到她的名字後便一直低著頭。若平決定不在此刻對她進行詢問。

「雨夜莊二樓前段的禁區剛好提供了我一個絕佳的暫住地點，那一天二樓出入那裡的門都還沒上鎖。辛蒂讓我住進綾莎堂姊房間對面的空房……

「趁著半夜之時，我溜下樓，在客廳、餐廳各裝了一個竊聽器，但我一直找不到機會把第三個裝在綾莎房內……第一件謀殺發生後，她只要離開房間就將門上鎖，我最後就放棄了……我從來沒想到雨夜莊會發生殺人事件，眞的是出乎意料之外！我可以跟你們保證，我絕對與那些事情無關！」

若平說：「我並沒有一口咬定你是兇手，不必緊張。我在樓梯間遇到的人應該是你了？」

「……是、是的。我非常想知道到底發生了什麼事，才會在半夜溜上三樓看看，沒想到你在那裡……」

「告訴我們你後來的行動吧。後來發生了什麼事？」

江正宇咬著嘴唇，一陣後才說：「在、在得知發生了那麼多殺人事件之後，我突然有種感覺，所有人即將在此毀滅了。不可思議的殺人事件、封閉的山莊，無法得知是否還有明天……我心中的原則產生動搖。然後一件關鍵的事實改變了我的決定。那就是，我從監聽中知道了方承彥的瘋狂作爲，受到相當大的衝擊……在他壓抑、憂鬱的外表下，其實蟄伏著火熱的慾望，而在這封閉的環境內，他最後也走出自己的界限了……我回想到我自己……一直以來，我總是躲在暗處默默觀察，而這裡發生的一切，開始瓦解我的信念……我開始發現自己的侷限與壓抑，我其實是爲了逃避沒有勇氣的自己，才將自己美化爲聖潔的『旁觀者』……」

江正宇提到自己的名字時，方承彥只是靜靜地盯著空氣中的某一點，托腮深思。

「我決定無論如何都要侵入綾莎的房間。昨晚我發現她的房門並未上鎖，可能是忘了或只是暫時離開。無論如何，我不想錯過機會，我就進去了。結果她突然回房，我只好躲到床底下，然後就被困在那裡。我等了很久，一直到確定她熟睡後才從床底下慢慢地出來。」

江正宇的脫逃行動最終失敗，還驚醒了綾莎。

「她有追在你後面嗎？」若平問。

「我只確定她有追出房間，接下來我便什麼也不曉得了。」

「你跑向哪裡？」

「我從綾莎的臥房出去後，跑往西側的長廊，從那邊的樓梯間下樓，回到二樓我躲藏的房間。」

「當你跑到西側樓梯間時，樓梯旁的那間空房有什麼異樣嗎？」

「沒有，我只記得房內是暗的。我原本考慮要躲進裡頭，我怕繼續跑的話，可能會被別人目擊或者被人發現我的藏身處。因此我伸手打開門。但開了一點點後立刻改變主意，往樓下逃去。」

「你想綾莎若經過那裡，會發現門開著嗎？」

「我不確定。這問題有什麼意義？你是想暗示殺害綾莎的兇手躲在那間房裡，剛好綾莎進入，因而殺她滅口嗎？」

「這也不是不可能。」

江正宇嘆了口氣。

若平問：「在你躲藏的這段期間，有發現任何有助於破案的線索嗎？」

江正宇思索了一下才答道：「岳湘亞死亡的那個晚上，我在房間聽見奇怪的撞擊聲。我下到一樓南側樓梯間後就發現岳湘亞的頭顱……」他痛苦地低下頭，「我嚇壞了，但爲了不讓自己曝光，所以不敢聲張。我如果提早告訴你這件事也許會有助於調查。我現在會提起這件事，一方面是因爲內疚，另一方面也是希望你們能明白，目擊死亡的那種心理衝擊，加深了我在雨夜莊中感受到的幻滅感，多多少少影響了後來改變旁觀者身分的決定……」

「你說岳湘亞的頭顱在一樓南側樓梯間？」徐秉昱打斷對方，一副不可置信的模樣。

「這點我還沒跟你們說明，」若平接口，「昨夜第一次遇到正宇時，我在一樓南側樓梯間發現岳湘亞的頭顱，後來找了一塊布將它蓋起來……在警方到來之前，我們還是別亂動所有屍體。」

至此，現場突然靜默無聲。

「如果可以的話，我想問你一些問題，」江正宇突然對若平拋出這個問題。

「請說，你想知道什麼？」

「你怎麼會知道我躲在二樓禁區？」

「是你自己洩漏的，」若平盯著對方，「二樓禁區南側的雙扇門已經被教授由內側閂上，禁區北側的雙扇門則由外側用鑰匙鎖上。此外，第一案發現場旁邊的雙扇門也在案發後由我用鑰匙鎖上。從三樓到一樓的西側樓梯間形成一個封閉空間，照理說應該無人能出入，那為什麼還是有人在裡頭呢？

「注意，當我發現這名神祕客的時候，他正要上來三樓。如果他是從二樓來的，那就代表這人是躲藏在二樓禁區，也就是說，這人應該在我們來到雨夜莊前就躲在那裡了。

「如果這人是從一樓來的，那他恐怕是雨夜莊人士的其中一人。若此，他必須在我鎖上三樓的雙扇門之前，就先進入樓梯間解開一樓雙扇門的門閂，之後再從該門進入。但這個假設不對。就在岳湘亞死亡那晚，我鎖上三樓雙扇門之後，我們在一樓客廳開了調查會議，結束後我第一個離開客廳，那時我曾檢查了一樓雙扇門的狀況，是從另一側閂上的。此外，當我追著神祕男子來到一樓時，我清楚聽見他解開門閂的聲音。至此我更加確定雨夜莊躲著一名神祕客，而我們不知道他的存在。

「有兩個證據支持我剛剛說的假設。第一，昨天我發現二樓禁區北側的雙扇門從裡頭閂上了，這表示有人在教授鎖上門之後將門閂上了。第二，我還發現同一扇雙扇門右側窗戶的窗簾是打開的。從那扇窗望出去，離它最近的窗戶窗簾也是拉開的。這似乎說明有人透過窗戶與禁區內的人聯繫。辛蒂大概不方便拿到雙扇門的鑰匙，所以有時候就透過窗戶與你聯繫。其餘時候你們應該是透過南側雙扇門碰頭吧。

「上述推理的前提是教授沒有說謊以及雙扇門沒有備用鑰匙。在我看來這兩個前提都成立。」

江正宇愣愣地說：「你說的都沒錯……」

「難怪在岳湘亞一案發生後，當我問起辛蒂的不在場證明時，她似有難言之隱，因爲她正在清洗你的衣服，但又不能洩漏爲何那麼晚還有衣服可洗，因此吞吞吐吐。」

「很、很抱歉。」辛蒂低著頭。

「別擔心，你做的事與謀殺案無關。」

也許是要把眾人的注意力從辛蒂身上轉移，江正宇抬起頭來，說：「……那剛剛你在客廳說的那些話呢？那是誘導我的陷阱吧！」

「沒錯，我知道客廳有竊聽器，才故意放假消息給你。如果說監聽者跟白綾莎一案有關，那他應該還在漏夜監聽，因此我確定你應該會中計。二樓前段只有兩個出口，我故意說兩點半集合在北側，那你一定會從南側的雙扇門逃出，我們只要在門外等待就行。爲了以防萬一，我還是請方承彥、辛蒂與小如到北側雙扇門前製造一些聲響，以免你發現那裡根本沒人。」

「可是如果你在客廳放了假訊息，其他人怎麼知道你實際要他們做的事？」

「我把計畫寫在紙上，放完假訊息後立刻出示紙張說明一切，要眾人立刻行動。」

「原來如此，」江正宇閉上雙眼，「請你們不要責怪辛蒂，她很單純的。在發生了殺人事件後，她壓根兒都沒懷疑我是兇手，還是照常送飯給我……總之一切都是我的錯。」他說這句話的時候看了低著頭的辛蒂一眼。

若平搖搖頭，「我不會責怪辛蒂，相信教授也不會。至於你的行爲會不會被原諒，那又是另一回事了。」

「我知道。」

「先到此爲止吧，你的事我會再跟教授解釋，他現在應該心情很低落……」若平看向女傭們，「可否請辛蒂和小如帶這位江先生到空房先暫住，也許可以把他安排在三樓西側樓梯間旁邊的房間。其他人也可以回房休息了。你們最好一起行動，回房後也不要隨便外出。」

江正宇低著頭，提著行李，踩著蹣跚的步伐跟女傭走了。徐秉昱、方承彥與言婷知也一起離開。只剩若平。他突然發現自己老是違背自己的指令，總是在獨處。但對偵探來說，這是沒辦法的事。

江正宇的事解決了，現在必須檢討白綾莎的命案。

很明顯地這又是一樁密室殺人案，陳屍現場自內上了門閂。

三件命案的模式都十分相似：不可能的犯罪、密室構成理由不明、找不到殺人動機。

他又想起言婷知的話，白綾莎是墜樓而死。從哪裡墜樓呢？一定不是在戶外，因爲屍體是乾的，以外頭傾盆大雨的態勢看來，不可能不被淋濕；如此一來，墜樓的地點勢必要在室內了，哪裡能滿足墜樓死亡的條件？

他唯一能想到的地方是羽球場。二樓東側走廊盡頭的陽台可以俯瞰羽球場，從那裡摔落的話，以高度而言應該不容易致死，不過這種事很難講，如果沒有眞的發生，恐怕誰也不知道結果。

該到羽球場去看看。

他離開客廳，走上長廊，到達十字交叉點右轉，走到盡頭，再右轉。

進入羽球場後，若平摸黑來到東側牆壁，找到牆上的開關，打開。

場內亮起白光，目前還是呈現微弱的光源，等時間一久機器熱了，光會愈來愈亮。

但他不需要待那麼久。站在入口處抬頭往上看，可以看到二樓的小陽台；陽台下方的地板一點異樣也沒有，甚至也沒有任何污垢。再者，以二樓的高度而言，人體墜落下來撞擊到ＰＵ材質的地板，是不可能產生什麼傷口的。

白綾莎死前的話，究竟是什麼意思？

找不到墜樓的地點，除非——

——死者在密室內墜樓。

他腦中再度湧現這奇怪的想法，以及人體從天花板墜落的詭異畫面。

第二部　獨奏

第五章　死亡句點

人不可能成為神，若妄想成為神，只會遭致毀滅；有時候自認為能掌控一切的自信，從命運的齒輪來看不過是微渺的兒戲；他是在為自己的信念而奮鬥，或是為無知做掩飾？

然而，要解開謀殺案並不需要成為神……

（三十二）

絕望的感覺在山谷溝壑間綿延。

昏暗的燈光中，若平站在窗邊，望著窗外。

雖然暗茫茫的，只聽得見雨聲，但他知道，雨絲正在面前不停飄著。

不停地飄，不停地飄……

三名死者的影像，糾結在雨絲中。岳湘亞的臉，柳芸歆的臉，白綾莎的臉……

三間封閉的房間影像，成為三角形三個頂點，然後逆時針旋轉，再順時針旋轉。就像摩天輪一樣。

三個人死了，剩餘的人被困住。

這之中有一個人，有一個人超越了良知，超越了物理法則，超越了道德限度。有一個人當起仲裁的上帝，有一個人戴著面具。

他的思緒再度飄回離現在時間最近的命案，而白綾莎死前的話就像鬼魂一般，在腦中徘徊不去。

他想起言婷知的陳述。

突然間，他發現某件事。拼圖中的一片找到位置了。更多片拼圖開始自動組合……

若平從窗邊離開，拿起放在床上充電中的手機，看了一下時間。

七點半。

他放下手機，快步走出房間。

若平來到走廊上，關上房門。

走廊上成排的窗戶皆窗簾緊閉，窗與窗間亮著雨夜莊特有的昏黃夜燈，創造出昏黃的狹長空間。

雖然已經是清晨，外頭卻仍一片黑暗。

他往東走，來到T字形交點往右轉，再往前到達十字形走廊的交點。

右轉。

從這裡開始的房間順序，依序是公共浴室、空房、江正宇的房間、樓梯間空房、言婷知的房間、岳湘亞的房間、柳芸歆的房間。

盡頭面向南側的窗的窗簾未完全拉上，滲入的黑暗與屋內的昏黃形成強烈對比。

若平來到言婷知的房門前。

他輕輕敲門。

無回應。

再敲。

只有雨聲。

若平持續再敲了幾下，加重敲擊的力道，得到的回應仍是相同。

他右手伸向門把，轉動。卡得死緊。

門鎖上了。

「言小姐，言小姐！」

經過幾聲叫喊依舊無用，若平決定改變行動。

他快步往來時路走，來到十字交點處，推開雙扇門進入，一路直奔白任澤的臥房。

他敲了幾下房門。

「誰？」教授的聲音含糊不清地傳來。

「是我，林若平。」

「若平？等一下。」

幾秒後門打開了，教授披著白色的薄外套，穿著運動長褲，陰著一張臉。

「什麼事？」

「真的非常抱歉，教授，我不該在這個時候打擾，不過我發現了一件重要的事，可能跟綾莎的案子有關。」

白任澤盯著他看，依舊面無表情；那張臉憔悴不堪，像經過地獄之火焚燒。

「你有所發現了？」

「是。」

「其實，我正要去找你，因爲我也發現疑點，」教授的雙眼突然亮了起來。「我們應該去言婷知的房間看看。」

兩人四目相接數秒。若平點了點頭。

「我剛剛去過，但門鎖著，需要鑰匙。」

「我明白了，我去書房拿客房的備份鑰匙，你等一下。」

「麻煩了。」

白任澤踏上走廊，關上房門，往書房走去。

若平望著教授的背影。對白任澤來說，白綾莎的死無疑是一大打擊。歷經喪失親人的悲慟，白任澤竟然還能正常發揮理性進而發現案件疑點，足見其找出兇手的決心。

沒多久，教授帶著鑰匙串回來，兩人便一起行動。

很快地穿越走廊，來到言婷知的房間前，白任澤取出鑰匙串，按照鑰匙上的標籤找到正確的鑰匙。

白任澤將鑰匙插入門把再轉動，啪搭一聲，裡頭的喇叭鎖很快彈開了。

教授將門往內推，但旋即皺了皺眉。

「怎麼了？」

「門後好像有東西卡住，推不開。」

「我來試試。」

白任澤退至一旁，若平站到門前，兩手放到門上，往後推。

門後頭似乎有很沉重的物體擋住，阻擋了門的退路，若平用盡全力也只能推出一道連頭都探不進去的縫。

「需要幫忙嗎？」

「不必，兩個人反而不好施力，我再試試看。」

奮鬥了一段時間後，若平喘著氣從門邊退開，白任澤立刻趨向前，說：「換我來。」

幾輪之後，門所開的縫隙已逐漸加大，最後終於開出了足夠允許一個人身體進入的縫隙；教授閃身擠入縫隙內，消失了蹤影。

「啊！」裡頭傳來白任澤一聲驚叫。

若平趕忙上前擠入縫隙中，他這才發現擋在門後的是一張橫放的木製長椅，長椅後邊緊鄰著一張床，成爲雙重障礙擋在門後。

若平從門邊夾縫的狹小立足點往房內望去。

就在越過床的後邊，西牆窗戶的前面，一張書桌緊貼著牆，書桌前的椅子上坐了一個人，上半身趴在桌上，看不見臉，後腦杓的馬尾無力地垂著；趴著的人面前擺了一台筆記型電腦，白底黑字的Word程式正在運作；電腦右側放著一個水瓶、一個杯子、一張皺掉的白紙。

白任澤站在角落呆呆望著書桌前的人。若平立刻趨前檢視。

趴倒的人是言婷知，她已經死了。

（三十三）

林若平先生：

對於雨夜莊過去兩天所發生的連續殺人事件，你一定感到十分頭痛，這一棟宛若被詛咒的屋子，為什麼會連續兩年都發生兇殺案件？每件事都有發生的原因，雨夜莊的事件也不例外。

事實上，去年雨夜莊三屍案的最大嫌犯楊瑋群，是一手把我撫養長大的人，也是我的舅舅。在父母雙亡的情況下，他照顧著我的生活起居，讓我豐衣足食。他是我生命中相當重要的人。輿論將楊瑋群說成十惡不赦的惡魔，說他是姦屍狂，有戀屍癖，又與人妻通姦，道德敗壞。這些言論看在我眼裡，實在令人心痛。

每一個人都是雙面人，世界上也沒有絕對的惡人與善人，或許舅舅在某方面的確是做了錯事，也該受到懲罰，但對我而言，他是我心目中的好爸爸。父親被人逼死，為人子女豈有不憤怒的道理？

你一定會問，何謂逼死？去年的案件，楊瑋群被鎖定為殺人犯，因為有太多證據不利於他，但卻沒有直接的證據證明他殺了邱瑩涵與白鈺芸。在等待審判的這段期間，各種指責楊瑋群的聲浪傾巢而出，而細究這些聲浪的背後，有一股推動的力量。你知道這幕後黑手是誰嗎？就是現在雨夜莊的主人白任澤！

白任澤因為失去了親人，在悲痛之際，一口就咬定楊瑋群是兇手。他運用他的地位與影響力操控輿論，將楊瑋群塑造成罄竹難書的罪人，導致楊瑋群最後陷入瘋狂狀態而自殺。

這種殺人不用刀的方法相當可怕，雖然白任澤哀傷的心情可以理解，但他的手段過於非理性，以他這樣的知識份子，竟然不懂得分辨是非，在案情未真相大白前就自行裁定結論，這一點，讓我深深地憤怒。

失去了舅舅後，一些親戚慷慨地對我伸出援手，因此我的經濟狀況不成問題；然而，我卻陷入深深的哀傷。我開始收集有關三屍案的一切資料，決定自行推敲。

要找出真兇沒有那麼容易，我即使研讀了許多資料，仍理不出頭緒。從雜誌、新聞、報紙以及網路能得到的資料有限，而且都是二手資料。我曾試過直接聯繫警方，但他們告訴我已經沒有有用的資訊可以透露。幾個月後，我感到十分挫折。

此時事情有了轉機。我意外發現與我同班的白綾莎竟然與雨夜莊有關！我無意間得知白綾莎有意邀請岳湘亞至雨夜莊作客，許多其他同學也欲一同前往。這不正是個前往案發現場找尋線索的大好機會嗎？我沒錯過這個機會，立刻徵詢白綾莎的意思，說明我也想加入作客的行列。

幸好白綾莎不疑有他，馬上答應了。我與她沒有太大交集，原本以為提出這樣的要求會被拒絕，不過幸好，以白綾莎有禮貌的個性，不會拒人於千里之外。我的雨夜莊之行順利成行。

到雨夜莊之前，我又做了一件事，我將費盡心思從地下網站抓到的白氏夫婦屍體照片寄給白任澤（可能是有不細心的警務人員流出兇案現場的照片）。會這麼做有一個很大的目的，就是促使白任澤再正視三屍案的細節。經過我私下查訪，舅舅自殺後他似乎有愧疚之心，也懷疑兇手是否另有其人。這一步果真產生了意想不到的效果，白任澤收到信後請了你來雨夜莊調查，可以省去我許多調查上的麻煩。

關於那封信要補充的是，一如我大膽的作風，我在信件內容設計了指涉我姓名的暗號。我也不期望會有人發現。不影響我的雨夜莊之行。

對於來到雨夜莊的同學們，我感到不解，他們每個人似乎都心懷鬼胎，原本覺得他們礙事，事後證明我可以好好利用他們。

在雨夜莊內，我沒有得到很多線索，身處在三屍案的現場，讓我血脈賁張，不時又想起了死去的舅舅！

當我看到白任澤時，心中更是湧生一股厭惡，這個人就是將我的「父親」逼死的罪魁禍首！他那道貌岸然的臉孔讓我作嘔，內心的憤恨持續累加著。

每當看到白任澤與白綾莎交談時那種親子情感洋溢的畫面，心情便愈發沉重。不知從哪裡冒出的惡毒念頭，竟在瞬間統轄全身……

殺人的念頭。

如果直接殺掉白任澤，那讓他一死脫離人世間的痛苦，豈不是助他解脫？這樣不是真正的報仇！真正的報仇應該要讓他飽受折磨，而且是永遠的折磨。

他讓我嚐到了喪失親人之苦，我也該以其人之道還治其人之身，讓他嚐嚐失去摯愛的滋味！

他的摯愛當然是白綾莎，失去女兒的父親會是什麼模樣？

不過單純殺死白綾莎的話，乍看之下雖然找不出誰有動機殺人，但調查一展開，我的身分若曝光，那矛頭一定會指向我。為了避嫌，我採取了比較殘忍的做法。

將動機藏葉於林，也就是說，殺死不相干的人！

同班同學對我來說不具任何意義，我是與他們不同的人種，因此他們的生命對我而言，不過就像螞蟻一樣。選擇岳湘亞與柳芸歆並沒有特別的理由，只是覺得以女人而言，他們兩人完全沒有智識可言；而徐秉昱與方承彥又是兩個無可救藥的渣滓，我根本不屑拿來利用。對於柳芸歆與岳湘亞，我沒有什麼話要說，只能認為他們運氣太差，不該來到雨夜莊。

這來得恰如其時的暴風雨，讓我的計畫有充分的時間與空間發展，我很小心翼翼地行動而沒有被目擊發現，一切順利。

在殺了綾莎後，看到白任澤那憔悴的面容，我心中一陣暢快，但暢快之後，一股虛無卻油然而生。

原來人的生命是這麼地脆弱，一如野草般易折，人活著究竟有什麼意義呢？我活著不過是為了復仇嗎？

殺人之前我已有所覺悟，或許這一生就此毀滅；而殺人之後，那種感覺更是強烈。

從前閱讀報紙或小說，讀到殺人者最後自殺的遺書，裡頭總描述殺人後感到罪惡與幻滅，因而失去生存意念。當時會覺得嗤之以鼻、難以體會。如今真正經歷過後，才明白箇中滋味。有些事若非親身體會，永遠不能理解。

所以，我路過一樓北側的雜物室時，從裡頭的櫃子拿了老鼠藥，打算用來終結我的生命。

這封用電腦寫下的遺書說明我罪行的前因後果。向你這個偵探自白，對於我兇手的身分而言，再適合不過了。

最後，如果你對我說的話有疑問的話，請翻找我的行李吧，裡頭有許多我收集的資料及筆記，足以證明我的心路歷程。

言婷知　絕筆

讀完言婷知的遺書，若平抬頭看向白任澤。

教授方才跟著若平站在電腦前閱讀文件，但很快便轉身盯視著窗戶。

「教授，」若平打破沉默，「遺書裡提到有關你的部分是眞的嗎？」

白任澤避開他的眼神，轉身面對南側的牆。若平這才注意到，牆前靠近房門前有一根圓形樑柱，連接天花板與地板，有雄偉之氣，這似乎是雨夜莊左翼客房建築的特色。

「是眞的，」教授的背影說。

「屍體沒有明顯他殺的痕跡，死者應該是中毒死亡。只不過……」

教授回過身來，「只不過什麼？」

「遺書中完全沒有提及殺人手法以及爲何要把現場弄成密室，這實在說不過去。」

「殺人魔的心態沒有人能了解。」

若平看了教授一眼，接著眼神往牆角移去。

言婷知的行李袋就擺在那裡；行李袋旁邊是一個黑色筆記型電腦收納背袋。

他蹲下來，打開黃色的旅行袋，裡頭除了衣物以及旅行會帶的物品外，還有一個紅色資料夾。若平猶豫了一下，原本認爲不留下指紋比較好，但急切的心情卻讓他改變主意。他抽出資料夾，打開檢視。

裡頭果然如言婷知所說的，都是一些去年雨夜莊三屍案的報導資料，包括八卦雜誌上的影印資料、剪報、網路列印資料等，另外還有一本筆記本，記載著言婷知的調查過程。筆記本最後面有一頁被撕掉了。

若平將資料夾放回去。

這時他注意到地上有一團摺起來的棉被靠放在行李袋旁，摺縫中隱約顯露出暗紅色的痕跡。

他蹲下身，小心地將棉被攤開。上頭渲染了一片紅色，一股腥味襲入鼻腔；他皺著眉再把棉被回復原狀，接著站起身。

若平抬起頭來，發現教授正望著他。

「那是什麼？」白任澤用毫無情感的語調問。

「我猜想那是搬移綾莎屍體時用來避免血跡外濺的。」

「……什麼意思？」

「我懷疑白綾莎陳屍的房間並非第一現場，因爲出血量過少；兇手很有可能在別處殺人再移屍，而移屍過程用這條棉被包住屍體避免沿途留下血跡。」

白任澤眼神僵滯，好像在反芻若平的話。他的眉頭深鎖。

「……我很累，這一連串的事件會讓人發狂，我想先回房了。」教授說。

「當然，您去休息吧。」

白任澤點點頭，繞過床鋪與長椅，從縫隙中擠了出去。

教授離開後，若平檢視了房內的狀況。

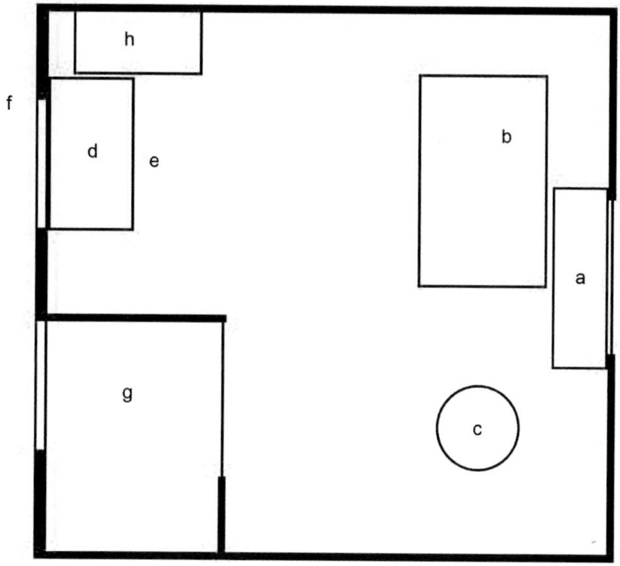

圖四　言婷知房間平面圖

(a)木製長椅　(b)床鋪　(c)圓柱　(d)書桌　(e)屍體
(f)有破洞的窗框　(g)浴室　(h)衣櫥

現場的狀況是，木製長椅緊緊抵住門，緊貼著長椅的是房內的床鋪，而南側的圓柱與兩者隔著一小段距離；房內的其中一扇窗戶開在西牆上，窗簾敞開，窗戶自內反鎖，奇特的是窗戶的鎖釦上還貼滿了透明膠帶，整個鎖被膠封起來；浴室的窗戶也是同樣情況。房間的出入口只有一扇門跟兩扇窗，前者自內由雙重障礙堵死，後者自內上鎖膠封。

他仔細檢查了每一面牆，發現書桌前窗戶的右側窗框上有一個因木框腐朽碎裂的小洞。

回頭看向屍體。

言婷知的頭倒在右臂上，左

手蜷縮在一旁；頭部前方是筆記型電腦，右側擺著一張藍色的滑鼠墊，上頭放著滑鼠。

若平右手包覆著手帕，小心檢視水杯與水瓶。

水杯與水瓶是雨夜莊每間客房都備有的。水瓶中有半瓶水，而杯子裡殘留一點點褐色液體。

至於杯子旁邊皺掉的白紙，他猜測應該是包裹老鼠藥的紙。

若平走向書桌旁，再仔細查看一遍；眼神掃向旁邊的行李袋、筆記型電腦收納袋、棉被……

當他看向浴室北牆的地板時，突然發現了奇怪的事。

地板上有兩個方形印痕，應該是桌腳留下來的；他小心探頭往書桌底下窺看，望見下頭又有兩個印痕。

難道說，書桌原本是靠放在浴室牆邊，也就是說桌子比鄰著浴室北牆與房間的西牆，後來才被沿著牆邊往北搬動？

不管怎麼說……

若平往床沿一坐，兩手抱著頭。

照理說這是一件自殺案，連續殺人案到此結束，因爲兇手畏罪自殺了。

這個房間是個密室，而且死者留有遺書，裡頭也說明了殺人動機，一切看來都沒什麼問題。

不，問題可多著。

首先，言婷知在遺書中完全沒提及三件命案的殺人手法以及構成密室的理由，這點最令他百思不解。

再者，就算要自殺，有必要將房門堵住再把窗戶用膠帶封住嗎？如果不想讓別人進去，只需要把門閂上即可，爲何要動用到兩件沉重的家具來封死門，卻反而不上門閂？整體看來好像是有人深怕現場看起來不像自殺似的，因此拚命加強自殺的印象。更重要的是，言婷知一個人推得動那些家具嗎？最後，若平並沒有完全被遺書的內容給說服，尤其是殺死不相干的人這部分，實在太牽強了。

這些都是猜測，要證明言婷知不是自殺，可能還需要更多證據。

假設言婷知是他殺，那麼遺書就是僞造的。如此一來，兇手如何從密閉的房內逃出？沉重的床鋪與長椅是一定要從室內移動來堵死門的，那逃出的出口就只有窗戶了。可是窗戶從內反鎖又被膠帶封黏，況且這裡是三樓，兇手怎麼可能從窗戶出去呢？

四間密室。毫無頭緒。

他很想往後躺，就這麼在床上沉睡，但現在不是時候。

腦中浮現言婷知的影像。高傲、自信、冷靜，孤獨而神祕的一名女子。

她的影像……

突然間，他整個人僵住了。

若平把眼神投向書桌，注視了整整一分鐘。

這麼說來……的確還是……

他站起身，一陣悚慄從背脊竄起。

（三十四）

那個人走進車庫，望向牆壁。

他拿下牆上的雨衣，穿上，並用雨帽把整個頭蓋住，再到工作檯旁換上雨鞋，把原本的鞋子擺在一旁。接著按下鈕，打開車庫的鐵門。

現在時間約是早上八點多，但天色灰濛，滂沱大雨落下。

他走入雨中，沿著建築往北走，視線沒有離開過地面。

走了一段路之後，果然在地上看見那團物體，僵硬地癱在那裡。

他撿起它，往遠離雨夜莊的方向走去。

步行一小段路後即來到附近的樹林，他小心翼翼地深入林內，四處張望。

最後他在一片小空地上停下，蹲下身，將那物體放在一旁。接著他用戴著手套的雙手，開始扒土挖洞。

他不打算挖得太深，因爲有時間壓力，若消失太久會引人起疑。再者，就算這東西被發現，也不會有人想到它是用來完成不可能犯罪的道具。

他把那物體放入洞內，再重新把土蓋上。

完成後，循原路再回到雨夜莊。

回到車庫內，他脫下雨衣、雨鞋，穿上原來的鞋子。

車庫內的水漬沒時間清理。不管這些了，現在若被人目擊，會相當麻煩，還是趕快離開吧。

他打開通往走廊的門，快步離去。

（三十五）

由於昨晚的突發事件，今日的早餐時間也受到影響，遲至八點半才開飯。

方承彥、徐秉昱還有畏畏縮縮的江正宇陸續到達，每個人都陰著一張臉。

白任澤因情緒的緣故，交代女傭說他要在房內用餐。

「好像有人沒出席，」開飯後沒多久，方承彥不帶感情地說。

「你是說言婷知嗎？」若平放下啃到一半的三明治，問。

「不然呢？」

「她自殺了。」

現場一陣騷動。一張椅子突然被大力往後推，有一個人急速站了起來，兩手顫抖地撐著桌子。是江正宇。

「你是說眞的嗎？」他的嗓音顫抖。

「請你先坐下，我會慢慢解釋，」若平注意到其他人都被江正宇這突如其來的舉動嚇著了。

「是眞的嗎？」江正宇又重複了一次。

「先坐下吧。」若平靜靜地重複。

遲疑了一陣後，對方無力地坐下。

若平將言婷知一案的來龍去脈說了一遍。

「原來兇手是她！」徐秉昱叫道，「她的確像是一名冷血的女殺手！」

「有沒有可能是眞正的兇手要嫁禍給她？這一切也許是陷阱！」方承彥說。

「別鑽牛角尖！」徐秉昱駁斥道，「這樣想只是自找麻煩。」

「但是……」

若平沒有理會兩人的爭論，一邊用著早餐一邊跌入沉思。

當他回過神時，餐廳只剩下他與小如，後者開始清理桌面。

「抱歉，我想請問，」若平說，「一樓北側的雜物室是不是放有老鼠藥？」

或許是他的問題太突兀，女孩瞪大雙眼，略帶驚訝地回答：「有是有啊！」

「可否帶我去看看？麻煩了。」

小如點點頭。她先拜託辛蒂處理碗盤後，便向若平點頭示意跟她走。

雜物室位於從北側樓梯往右數去第二間，裡頭有許多櫥櫃、架子，擺放著各式各樣的物品，令人目不暇給。

女孩走向其中一個櫥櫃，打開拉門，指著角落一個銀色不鏽鋼的罐子，說：「這罐就是。」

若平取出那銀色容器，扳開蓋子；蓋子上頭還印著個「茶」字。裡頭用白色的紙包裹著一塊塊的圓形物體，疊在一起，看起來很像可口的雪餅。

若平依稀記得這是某種強效老鼠藥，新聞曾報導過有人誤食而在短時間內就喪命。這種老鼠藥現已停產。

若平放回罐子。「一直都放在這裡嗎？」

「這是先前雨夜莊的住戶留下的，因爲原本的盒子壞了，就把藥挪到罐裡了。」

「謝謝你，沒事了。」

女孩離開雜物室。

他沒有在裡頭停留太久，只再看了幾眼櫥櫃，便也接著離開。

若平走向雨夜莊西側，到了影音室前頭。這次小心翼翼地確認了裡頭沒人才進入。

他對裡頭奢華的設備感到欽羨，因爲自己一直很想擁有一間家庭電影院。

四處瀏覽觀看後，他的視線不經意落在東側媒體櫃的收納格。

一堆影片中擺著幾盒突兀的英文教材。他皺起眉，拉開櫥櫃的玻璃門，抽出一盒教材。

裡頭有四捲ＤＶ帶，附上白色標籤註明日期。

這是……？

他快速檢查了另外六個塑膠盒，總共有二十七捲帶子。他懷疑有一捲被拿走了，但他不敢肯定。

從角落找來攝影機，他塞入其中一捲，開始放映。

之後，又換了幾捲。

內心不知爲何感到毛骨悚然。

拍攝者從不露面，只是靜靜地在雨夜莊內外漫步著，似乎毫無目標；幾近無聲的影帶，流露出無形的壓迫感，也營造出詭異的驚悚感。

把影帶放好後，若平決定回房整理思緒。

他離開影音室，往三樓自己的房間走去。

一進房間後，他先沖了澡讓精神恢復一些，接著便癱倒在床上。

看來雨勢沒有減弱的跡象，不知道道路搶修工作如何了？警方何時可以趕到？他應該跟警方聯絡看看才是。

不過他最終還是沒有去碰手機。如果警方還沒到來那就是還沒，打了電話也無濟於事。況且，警方來了就能找出兇手嗎？

暴風雨山莊的情況，他曾經遇過一次，那是前年前往著名推理作家別墅「霧影莊」時所遇上的槍殺命案。那次在警方到達之前就順利逮到兇手，當時的推理思路還算暢通，運氣不錯。

不過這次情況有點不同。他找不到切入點。

人不可能成爲神，若妄想成爲神，只會遭致毀滅；自認爲能掌控一切的自信，從命運的齒輪來看不過是微渺的兒戲；他是在爲自己的信念而奮鬥，或是爲無知做掩飾？

然而，要解開謀殺案並不需要成爲神……

他從床上坐起，無意間瞥見角落的牆上有著一排螞蟻；螞蟻排成整齊的隊列，整體看來井然有序。出於好奇，他伸出手指將一隻螞蟻從隊列中撥開，其他同伴立刻大亂陣腳，慌成一團，原本和諧的秩序被破壞了。

若平注視著散亂的蟻群。某個想法油然而生，但他還不確定這個想法的意義何在。

他將未成形的想法暫時拋到一旁，在床上躺下，盯著天花板，兩手枕在後腦勺，把思緒從螞蟻轉移到雨夜莊的命案。

案件的其中一個癥結在於，這幾天的命案是否與一年前的三屍案有關聯？這棟房子一年內死了七個人，要說沒有關聯的話實在有點說不過去，但邏輯上不能如此假設。

三屍命案的兇手身分也有爭議，如果能揭開過去的迷霧，對現今新的命案搞不好會有所幫助。

他再度從床上半坐起身，拿起筆記本，決定整理一下有關三屍案的訊息。

白景夫的太太邱瑩涵是遭自己丈夫徒手勒斃，這點經過醫學檢驗殆無疑義；至於白景夫則是被現場遺留的小斧頭重擊頭部致死，女兒白鈺芸被釣魚線勒斃。

最大嫌犯是楊瑋群，當晚他前往雨夜莊與邱瑩涵暗通款曲；後來楊瑋群下樓找手機，這時假裝離開卻又折返的白景夫進入臥房內掐死自己的妻子……接下來發生的事，成爲一團謎。

楊瑋群聲稱他上樓後白景夫與白鈺芸已慘遭殺害，他所做的事只有拿起斧頭砍了躺在地上的白景夫，發洩怒氣；再對白鈺芸的屍體進行侵害，並拿走了掛在脖子上的墜子。以上是他自己的一套說法。

對楊瑋群不利的情況有三點。首先，他逃離雨夜莊時被白任澤目擊，白任澤進入雨夜莊後直到警方趕來，沒有再發現其他可疑的人，因此存在著另一名兇手進入雨夜莊殺人的可能性不高。第二，楊瑋群毀屍、姦屍、偷竊的罪行，使他直接涉案，光憑他的片面之詞很難相信他沒有殺人。第三，因爲與邱瑩涵外遇的關係，他的確有動機殺害白景夫，再殺了可能成爲目擊證人的白鈺芸。

若楊瑋群眞爲兇手，比較難以解釋的一點便是凶器的取得。殺害白氏父女所使用的斧頭、釣魚線平常都是貯放在一樓的雜物室，若他眞的是因爲白景夫抓姦的突發狀況而將其殺害，怎會使用放在一樓的物品去殺人？要說是他有預謀事先從一樓帶了凶器也說不通，因爲第一，有預謀的話應該會準備自己的凶器；第二，楊瑋群應該不知道斧頭與釣魚線的放置地點；第三，當晚就是因爲白景夫不在，楊瑋群才會與邱瑩涵碰面，若預謀殺害當晚人不在雨夜莊的白景夫，那便顯得相當不合理。

也許瑋群下樓拿手機時發現了白景夫回到雨夜莊，進而起殺意，於是拿了一樓的釣魚線與斧頭上樓殺人。但這仍然無法解釋他何以知道物品放在何處。

若平盯著筆記本，一一走過三屍案的細節，卻仍然沒有進展。

這時候，他突然想起白任澤收到的那封電子郵件。那封信跟三屍案有關，而那封信寄來後就發生了殺人事件，這應該不是巧合吧？如果說寄件者就是兇手，那他的目的會是什麼？

的確，若整系列的命案都有關聯，那兇手殺害岳湘亞與柳芸歆的動機便變得不可解。照理說這兩人與雨夜莊是沒有任何關聯的；而且就算要殺害這兩人，又爲什麼要用那麼不可思議的殺人手法呢？

密室的構成理由產生一種絕對的障礙，讓他覺得自己一直在原點徘徊。

動機……

假設三屍命案的兇手眞的另有其人，而來到雨夜莊的岳湘亞發現了這個祕密，因此慘遭滅口，而柳芸歆無意間得知兇手身分，成爲陪葬品，這樣的說法是不是說得通呢？如此一來，兇手應該是與雨夜莊有關的人，人選只剩下白任澤與白綾莎。但後者卻也成爲被害者……這條思路看起來不甚有說服力。

眞相仍在迷霧中。

＊

若平被敲門聲喚醒，顯然是午餐時間到了。

白任澤仍然鎖在書房內沒有現身。用餐期間沒有人說話，用完餐後眾人便鳥獸散，只剩辛蒂與小如處理飯後的殘局。

若平決定再到白綾莎陳屍的房間視察一次。

通過深邃的長廊到達十字走廊交點處，向左轉，走到底再向左轉。西側樓梯間出現在右手邊。燈光從房門上的裂縫滲出。

奇怪，他離開前沒有關燈嗎？

若平站在門前定立不動。他實在不想再看見綾莎的屍體，但如果要解開案件，他需要更多線索。重返現場或許可以讓他發現之前疏忽的事。

調整心情之後，若平將門打開，踏入地獄般的空間。

踏入房間的那一瞬間，腦中一道光快速閃過。

這種感覺……

等等……

他的目光在房內梭巡，然後很快在腰際高度處的牆上找到某個東西。

若平迅速踏出房外，確認了另一件事。

有一種模式……他注意到三個案發現場有某種模式。

若平蹲下，仔細檢視地板。

當他終於發現那個東西時，一陣毛骨悚然爬遍全身。

原來是這樣。太聰明了，聰明到難以想像！他剛開始竟然沒發現！

若平閉上雙眼，每一片拼圖正以驚人的速度接合，逐漸形成完整的圖像。雨夜莊之謎終於露出一線曙光。

接下來要進一步驗證這個假設。

他睜開雙眼，伸出手做了某件事。

*

接近傍晚時分，若平回到自己的房間。

他稍早檢視了言婷知的房間，也到了雨夜莊左翼的房間瀏覽了一遍，查看江正宇、岳湘亞、柳芸歆的臥房，確認三樓左翼房間內的格局都是相同的，包括擺設的布置都有一致性；而靠房間南側的地方同樣都設置著一支「頂天立地」的裝飾圓柱，看不出是哪個流派的建築風格，有可能又是石勝峰的神來一筆。

既然如此，有理由把言婷知房間原本的擺設狀況假定爲跟其他房間一樣。他在筆記本中畫下房間布置圖：

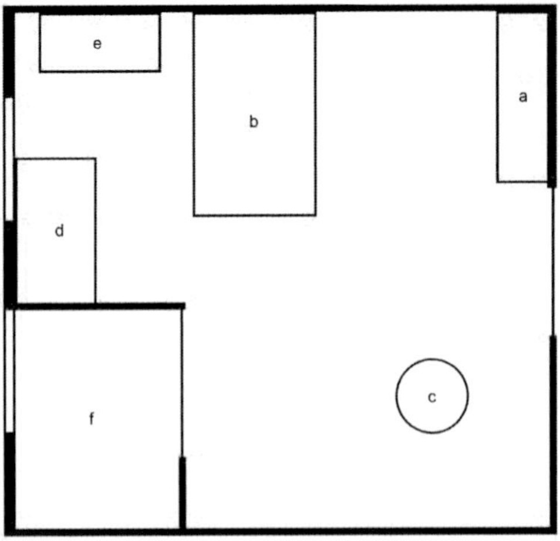

圖五　雨夜莊三樓左翼房間格局（言婷知的房間）

(a)木製長椅　(b)床鋪　(c)圓柱　(d)書桌　(e)衣櫥
(f)浴室

如果說言婷知的房間布置跟圖中畫的一樣，那從案發現場看來，可以發現長椅、床鋪、書桌遭移動過。

前兩者的移動是爲了堵住房門，但書桌被往北移，有什麼用意？地板上的痕跡說明了書桌被移動過，書桌不會無緣無故被移動，應該是有什麼目的。

若平深思了半晌，接著便離開房間前往餐廳。

（三十六）

若平提早進到餐廳，爲的是向女傭確認

一個問題。

辛蒂在廚房裡頭忙著。若平對正在整理餐具的小如打了聲招呼。

「對不起，我想請教一個問題，」若平掏出筆記本。

「好的。」女孩匆忙放下餐具，轉過身。

「言婷知小姐的臥房在她住進去前，你有整理過嗎？」

「有。」

「房內的布置是否像這圖上畫的一樣？」他把筆記本遞上。

女孩盯著圖半晌，點點頭，「一樣。」

「謝謝你，沒有問題了。」

接下來的晚餐時間也在靜默中流逝，沒人有心情聊天。白任澤仍舊沒有現身，他已經消失一整天了。聽辛蒂說，教授仍把自己鎖在書房內。

就在晚餐接近尾聲時，若平開口了：「不好意思，小如，可以麻煩你去把教授叫下來嗎？順便請他帶一本書下來，書名是《愛倫坡的偵探小說》。我確定他書架上有這本書。可以請辛蒂陪你一起去。」

「喔？好的，」女孩遲疑了一下，把碗盤收好，看了一眼辛蒂，兩人便一同出了餐廳。

「這又是怎麼回事？」徐秉昱不耐地問。

「馬上就會揭曉。」

「難不成你知道眞相了？」徐秉昱用挖苦的語氣問。

「我的確知道。」

對方愣了一下，一時之間不知如何反應；方承彥與江正宇放下手中的餐具，眼神訝異。

「你知道兇手是誰了？」徐秉昱一副不可置信的模樣。「兇手不是言婷知？」

「你說呢？」

「是誰？該不會是我吧？哈哈……」他失控地笑了起來。

「不，不是你。我們等教授下來再說吧。」

「你是認眞的嗎？不是在開玩笑吧？很難想像這幾天的案子會有合理解釋……」

「百分之百認眞。等教授來再說吧。」

幾分鐘後，穿著家居服的白任澤與女僕們一同踏進餐廳，一股沉重的氣息隨之而來。白任澤看起來已非若平第一次看到的那名優雅和藹的學者了；他彷彿經歷了一趟地獄之旅後再返回人間，經過殘虐酷刑的洗禮，將所有感性全消磨殆盡。

「什麼事呢？」教授的語氣毫無情感，手上拿著若平指定的那本書。「還有這本書是要做什麼的？」。

「先請坐。」

就在這時教授望見江正宇，露出一臉驚訝，「這個人是誰？」

當若平揭穿江正宇竊聽之事時，教授並不在現場，而是把自己關在書房裡，所以他自然不曉得對方的身分。

若平回答：「他是這群年輕人的同學，讓我來解釋。」

他簡單扼要地把江正宇的故事解釋一遍；過程中教授的眉頭愈皺愈緊，江正宇的頭則是愈垂愈低。

「照你這麼說，」白任澤叱道，「這名偷偷潛入的人不是很可疑嗎！」

「表面上看來很可疑，但事實上他與命案沒什麼關聯。他的攪和只是增加案情的複雜度罷了。」

「你憑什麼這麼說？」

「就憑我知道所有事件的眞相。」

片刻的沉默。

白任澤嘴唇蠕動著，一時之間卻不知如何回答。

若平推開眼前的餐盤，「如果你們不介意聽一場演講，那我現在就可以開始……」

第六章　神之罪

掀開蟻窩來看，那真是一個有組織的小型社會，就像人類社會一樣井然有序。當我們用手指對準了行進中的蟻群奮力一壓，殺死了幾隻螞蟻，牠們不會曉得發生了什麼事。我們扮演的角色就像上帝，而換個角度想，人是否也像螻蟻，默默承受著『神』莫名的安排與作弄？

（三十七）

外頭大雨滂沱。餐廳的窗簾雖是拉開的，室內的氛圍卻仍舊陰鬱，每個人的臉上好似都蒙上了陰影。

「說說你對案件的看法吧，」方承彥低聲道，「反正現在這種情況，怎麼樣都無所謂了。」

「慢著，」徐秉昱說：「我想先問幾個問題。既然你好像知道了不少，那我想知道還會有被害者嗎？」

若平聳聳肩，「可能會也可能不會。」

「什麼意思？那兇手就在現場嗎？」

「可以說是也可以說不是。」

「這算什麼回答？你明明是在鬼扯！」徐秉昱氣急敗壞地叫道。

「實情遠超乎你的想像，不是三言兩語就可以說清楚。你們準備好了嗎？」

「說吧，」教授往椅背一靠，十指交握在腹部上。

若平坐正，清了一下喉嚨，看了所有人一眼才說：「我們來到雨夜莊後，總共發生了四件命案。不過事實上前三件與最後一件的性質不同。」

「性質不同？」方承彥問道。

「是的，我先從言婷知的案件講起。這件命案乍看之下的狀況是，死者留下遺書服毒自殺，房門從內堵死、窗戶自內上鎖，所有跡象都指向自殺。但我必須告訴你們，言婷知並非自殺，而是他殺！所有一切假象都是兇手布置的！」

現場一陣騷動，每個人的眼神都變得鬼祟起來，好像深怕兇手就坐在隔壁。

當然，大概沒有人會相信言婷知是自殺，但這麼認定的話在心理上總是有一種安慰的效果，可以催眠自己說殘忍的兇案已經結束。

「我會判定言婷知並非自殺，有下列幾點理由。首先是案發現場的不合理性。從現場看來，若死者打算自殺，不希望被人打擾，那只需鎖上、閂上門即可。然而，死者卻選擇推動兩項沉重的家具來堵門。姑且不論言婷知有無足夠的力氣辦到這件事，捨棄最合理、最方便的門閂實在說不過去。此外，用膠帶封住窗戶的鎖釦也十分奇怪，因爲根本沒有人會從窗戶進來，膠封鎖扣根本毫無意義。從這些跡象看來，令人懷疑是有人故意要加強自殺的假象，在物理狀況上大作文章，卻忽略了心理層面的不合理。

「第二，案發現場茶杯中的殘留液體明顯不是水，但水瓶中裝的是水。很難不令人聯想到是有人另外帶了有毒液體誘騙言婷知喝下。

「第三，在言婷知的遺書中提到，她從一樓雜物室拿了老鼠藥做為自殺的毒物，這件事原本沒有可疑之處，但當我到了雜物室中，才發現事有蹊蹺。櫃子中的老鼠藥是裝在一個銀色的不鏽鋼罐子中，罐上還印著『茶』的字樣，第一次來到雨夜莊的言婷知是怎麼知道茶葉罐裡頭裝的是什麼東西？又怎麼知道那是老鼠藥？

「綜合這三點，我研判言婷知係爲他殺，並試著從線索中鎖定眞兇身分。從上述第三點出發，能夠得知茶葉罐中裝有老鼠藥的只有住在雨夜莊的人；而從遺書內容來看，住雨夜莊的人之中誰最有資格明白有關三屍案內幕以及許多其他內情——例如白教授收到一封內有去年命案的屍體照片？

「答案相當明顯，就只有一個人符合。這個人帶著混了藥的液體——我猜是酒——進入言婷知房中，我不知道他用什麼藉口讓言婷知喝下毒藥，但我猜測言婷知沒料到兇手會採用毒殺，她的自信招致了她的大意。總之兇手成功了。接著他用死者的電腦快速打了一封假遺書，布置好自殺跡象，再把他拿來的瓶子帶走。」

若平說到此處突然停頓下來，注視著某個人。

「當然兇手要離開言婷知的房間前，最重要的一件事就是讓案發現場成爲密室。在緊迫的時間中能做這麼多事，我實在佩服兇手的頭腦。」

他將視線拋向那個人，與對方四目相對。

白任澤。

＊

白任澤面無表情。

「若平，你的推理乍聽之下好像很有道理，但都是臆測，沒有任何實質證據。」

「我說的是推測而非臆測。」若平說。

「那請你拿出證據來吧，況且，我也沒有動機殺她啊！現在眞的不是開玩笑的時候。」

「你眞的沒有動機嗎？」

教授露出惱怒的表情，他坐直身子，「你這句話是什麼意思？」

「就是字面上的意思，我認爲你有動機殺害言婷知。」

「那就請你說清楚！」

「你認爲言婷知是連續命案的兇手，也就是說，她不但殺了其他人，也殺了你的女兒。」

一陣沉默。

白任澤的臉色十分緊繃，「你還是在鬼扯，我憑什麼這麼認爲！」

「因爲你注意到言婷知的證詞有一些矛盾之處。還有，我懷疑你親眼目睹到她移動白綾莎的屍體。」

又是沉默。

若平自顧自地繼續：「在白綾莎一案中，言婷知的證詞有三個可疑之處，其中第三點你應該不知情——但有其他兩點就綽綽有餘了。以下我一一挑出來說明。

「第一，根據言婷知的說法，昨晚她是因爲房間水瓶沒水要下樓裝水，途中才聽到了白綾莎的呼救聲；問題是，從頭到尾那個水瓶都不見蹤影！案發的樓梯間沒有，言婷知手上也沒有，甚至連後來到客廳偵訊、眾人離開之後，水瓶還是不見蹤影。如此一來，令人對言婷知要下樓裝水的說法產生質疑。若下樓裝水只是個藉口，那她眞正的目的是什麼？

「第二，言婷知說她下樓經過樓梯間時聽到了白綾莎的呻吟聲以及門的撞擊聲，這表示當時白綾莎的位置是靠近門邊的。可是當我們破門而入後，屍體卻是躺在門的反方向。如果言婷知沒說謊的話，那我們只能假定白綾莎在門邊說完話後，又爬回了反方向的牆邊，才在那裡斷氣。雖然說這也不是不可能，但既然死者在門邊求救，似乎沒有理由再用盡力氣往反方向爬。而且房內只有屍體頭部底下的地板有少許血跡，看不出有任何掙扎爬行所滴下的血。

「第三，從言婷知的證詞來看，白綾莎死亡到我們發現屍體，這之間的時間應該只在半小時內，但我檢視屍體後卻發現死者死了更久。這讓言婷知的說詞變得更可疑。

「總之，我強烈懷疑言婷知在白綾莎一案所扮演的角色，她顯然說了謊。教授一定也做出跟我一樣的結論，於是決定爲女兒復仇。但說謊不代表一定有殺人。」若平看著白任澤，「憤怒讓你失去了判斷力。孤絕環境中的絕望，血腥的謀殺，喪親之痛……這些因素讓你失去了理智。」

白任澤此刻就像一座雕像，連眼睛都沒眨。其他人屏息看著他。

「讓你更加肯定言婷知是殺人兇手的另一個證據，恐怕是因爲你解出那封信中的暗號吧。你對言婷知產生懷疑後，重新打開了那封信，最後解開了密碼。」若平環視著眾人，「其他人不知道有這封信的存在，我稍微解釋一下。在你們所有人來到雨夜莊前，白教授收到一封電子郵件，附件是兩張照片，即去年在雨夜莊喪命的白氏夫婦之屍體照。主旨寫著『兇手另有其人』，而信件內容則顯示一連串的數字密碼。白教授認爲寄這封信的人是當年三屍案嫌犯楊瑋群的親人。」若平打開筆記本其中一頁，展示給眾人觀看。

Q	W	E	R	T	Y	U	I	O	P
A	S	D	F	G	H	J	K	L	
Z	X	C	V	B	N	M			

密碼：(5,3)(8,3)(6,1)(5,2)(1,1)(6,2) (8,3)/(6,3)(1,2)(6,1)

圖六　電腦鍵盤英文字母分布圖

「我這裡畫的格子對應到電腦鍵盤上英文字母的位置；我也把密碼寫在下面以供對照。其實這些數字只不過是把電腦的鍵盤座標化罷了，而倒數第三以及第四組數字之間的斜線是分隔符號。」說完，若平指著筆記本另一頁的圖。

「橫軸是x軸，縱軸是y軸，依照座標讀法對照電子郵件上的密文，可以拼出Tingzhi Yan——也就是『婷知言』的英文拼音。

「這條強而有力的線索，觸發了教授做出錯誤的連結：寄信者等於殺人者。他認爲言婷知一定是爲了要報仇，才殺掉白綾莎以造成他的痛苦。在極度悲傷的情況下，理智的過度揣測與連結，造就了這次的悲劇。」

「夠了，」教授悲痛地開口，「也沒有什麼必要隱瞞了。沒有了綾莎，沒有了家人，我還擁有什麼？」他的眼神垂下，「我眞的不明白這棟房子內發生了什麼事，但連續的殺戮案件與未解之謎已經瓦解了每個人的理性，既有的信念與秩序都被粉碎，包括我。也許就是因爲這樣，我才會犯下那恐怖的罪行。」他抬頭起來直視若平，「一切在雨中都扭曲了。」

若平沒有回答，他靜靜看著對方，等待教授繼續說下去。

「的確如你所說，我懷疑言婷知殺了綾莎。我目睹了她搬運綾莎的屍體，才會對她證詞中那些疑點特別敏感。

「今天凌晨時分，我欲到影音室拿些東西，從西側樓梯下樓，快到二

3	Q	W	E	R	T	Y	U	I	O	P
2	A	S	D	F	G	H	J	K	L	
1	Z	X	C	V	B	N	M			
	1	2	3	4	5	6	7	8	9	10

密碼：(5,3)(8,3)(6,1)(5,2)(1,1)(6,2) (8,3)/(6,3)(1,2)(6,1)

圖七　電腦鍵盤座標圖

樓時我發現樓梯間好像有人，立刻躲在牆邊窺看。我看見言婷知的影子，她彎腰兩手拖著一捲棉被，氣喘吁吁地將它往後拉。我猶豫是要往回走還是要繼續下樓。她將棉被置於地上後消失了蹤影，好像是往前走進房間或是站在房門前。我認爲她的行徑相當可疑，但也覺得自己最好不要露面，便放輕腳步繼續往樓下走去。我待在影音室一陣子後就聽見騷動，緊接著而來的是綾莎的噩耗。

「我悲痛欲絕，立即聯想到言婷知的怪異行動，自然而然注意到了她證詞中的疑點，因而更加確認是她殺了綾莎並移動屍體。但還有那封電子郵件，如果能解開那封郵件的密碼，我便能百分百肯定言婷知是爲了復仇而來的。雖然我無法肯定前兩人是否也是她下的手，但只要確定她殺了綾莎，那也就夠了。」白任澤喘了一口氣，穩住自己的情緒，「解開郵件密碼後，我在腦中開始計畫，對於殺害愛女的人絕對不能原諒；我的初步構想是，將所有的罪都推到言婷知身上，布置成自殺。而要布置成自殺，最好用的凶器就是毒藥了。我把冰箱那瓶剩下的紅酒拿出來，再從雜物室拿了老鼠藥，將其磨成粉後倒入酒中，便到言婷知的房間去。我知道她之前晚餐時都有在喝這瓶酒，所以我告訴她說辛蒂特地送了這瓶酒上來給她喝完，因爲酒所剩不多。她收下了。

「這個方法不一定能成功。雖然我在新聞看過誤服這種強效老鼠藥致死的報導，但我不清楚言婷知的身體狀況。此外，我也不確定她是否會對我起疑。但不管怎麼樣，如果這個方法最後無法成功，我就得另外設法。事後證明，在充滿死亡氛圍的情境下，言婷知還是敵不過酒的誘惑……」

「你是怎麼發現言婷知死了？」若平問。

「我回到書房等了一陣子，覺得時間差不多了再回到言婷知房門前敲門，沒有回應，我轉動門把，發現門上鎖了。原本的打算是，如果她從裡面上了門閂，那我就不再有進一步的行動，因爲這樣就足以讓人認爲她是自殺；萬一她只有把門上鎖，我也有帶鑰匙，可以用鑰匙開門進入做必要的布置。

「我開門進去後，言婷知已經毒發身亡了，她趴在桌上一動也不動。我這才意識到自己是多麼殘忍與冷血……」

白任澤說到此處停了下來，調整情緒。現場一片鴉雀無聲。

「我察看了一遍現場，發現她的筆記，草草閱讀一遍後才明白她的來歷以及她來到雨夜莊的用意。我更加確信她出於對我的怨恨而殺了綾莎，即使我還是不清楚前兩件命案是誰犯下的。由於放在桌上的筆記型電腦開啓著，我便加以利用。時間十分緊迫，對於遺書內容並未多加構思，也沒有辦法寫得太完整，像有關三件命案的殺人手法便完全未提及……」

「難道你知道密室的眞相？」插話的是方承彥。

「我知道，因爲言婷知把它記錄在筆記本裡了。」

「那幾頁被你撕掉了對吧？」若平問。

「是的，因爲我是利用其手法的原理來製造言婷知一案的密室，我怕被你看到後會揭穿，因此才撕掉。」

「關於密室的手法，我們先按下不談。教授，你還有從言婷知房裡拿走什麼嗎？」

「……一捲DV帶，上頭註明去年二月一日拍的。」

「你爲什麼拿走？」

「我只知道這帶子原本放影音室，明顯是言婷知自行帶走的；我只是想讓命案現場儘量單純一點，萬一帶子裡出現與遺書內容前後矛盾的地方，那就不好。因此我把它帶走。」

「你知道帶子是誰拍攝的？內容又是什麼嗎？」

「我只知道是鈺芸寒暑假時爲了打發時間拍的。」

「我有一個想法，你們姑且聽之，」若平傾身向前，「昨天早上我散步到影音室時，發現言婷知在裡頭，那捲帶子應該就是她在那時帶走的。爲什麼要帶走呢？我們知道言婷知的背景以及她來到雨夜莊的目的，她會偷拿一捲帶子，我們可以大膽假設，這捲帶子與雨夜莊的事件有關。說白一點，我認爲言婷知在這帶子裡發現了密室殺人的眞相，但她無法確定兇手是誰，爲了引出兇手，她可能打算利用那捲帶子當誘餌，因此拿走它。

「後來綾莎事件發生，言婷知無意間發現屍體，她想到一個好計揪出兇手，她決定變更陳屍現場！我們發現屍體的房間內血跡太少，以傷口而言，不可能只有那一丁點出血量，因此那裡並非第一案發現場，其實便是因爲言婷知搬動過屍體。也就因爲如此，後來言婷知的證詞才會出現不一致之處，人其實只要一說謊，便會有漏洞。

「言婷知想藉由改變陳屍現場來驚動兇手，除此之外，她還刻意在眾人面前透露出一件關鍵訊息：綾莎是墜樓而死。這訊息關係著密室的祕密，她認爲如果兇手就在我們這群人之中，而他發現言婷知竟然知道前幾件案子的犯罪手法，一定會相當驚慌，進而私下找言婷知妥協，如此一來便可再設計擒住兇手。她的計畫粗略來講應該是這樣。」

方承彥皺著眉問道，「可是墜樓而死跟密室有何關聯？」

「說了那麼多，」徐秉昱不等若平回答便叫道，「你還是沒有告訴我們言婷知道底發現了什麼！好像我們已經知道似的！」

「不用急，接下來我就要說明這點。當我重返綾莎一案的房間時，我很快發現前三案的房間有一些共通點，形成某種模式：首先，這三個房間都比一般客房小；第二，房內門邊的牆上有兩個按鈕，房外的門邊有一個按鈕；第三：這些按鈕位於一般成年人站立時的腰際高度；第四，這三間房都在樓梯旁邊。

「考量密室狀況，再對照這些線索，我腦中有了一個想法……拿岳湘亞的案子來舉例，爲什麼在無法出入的房間內，有人能神不知鬼不覺地進入殺人，再取走死者的頭顱？明明看見死者進入房內，等門再打開時，活生生的人已變成一具屍體……」

「你的重點到底在哪裡？」徐秉昱抱怨道，「聽你講了老半天，還是聽不懂在講什麼！」

「請你們想想看，假設我們在岳湘亞案發現場的門前，我們看見她走進房內，門關上，等了一段時間後，門又打開，這時她已經死了；再假設有一個人在門關上後進到那房裡殺人，再帶走死者的頭顱，那他如何辦到？」

白任澤囁嚅著要說些什麼，但被若平制止了，他繼續說：「我再說白一點好了，在日常生活中，有什麼情境是，你看著一個人走進一個房間，門關上後再打開時，裡面的人卻不見了？而且在很多時候，這門前總是站著很多人？」

「啊，我知道了……」方承彥難得雙眼發亮，「是……」

「嗯，沒錯，」若平點頭，「就是電梯。那三間命案現場是三座電梯！」

（三十八）

「這眞是個巧妙的建築上的掩飾，」在一片鴉雀無聲中，若平說：「石勝峰是個天才建築師，他極盡所能將這三座電梯裝飾成房間，從地板、牆壁到天花板都經過掩飾，房間外頭再加上一扇可上門閂的門，使其看起來與一般的房間沒什麼兩樣。」

「這、這太扯了！」徐秉昱一臉不可置信，「那三間房間是電梯？你進去那麼多次竟然沒有看出來？」

「事實上我並沒有出入那些房間很多次。而且如我所說，我第二次進到發現綾莎屍體的房間時就拆穿這個假象了。有幾個因素讓我們沒有在第一時間看穿這個僞裝。首先，我們都被先入爲主的想法所蒙蔽了，第一眼認定那是一般的房間，便很難再聯想其中有什麼玄機。這種現象在日常生活中不是常有嗎？不要對人類的判斷力太有信心了，通常不是眼睛——而是你的想法支配你所看到的一切；你所看到的是你『以爲』或你『想』看到的，這便是人思考上的盲點。

「第二，除了我與教授，其他人都沒有進入案發現場，因此僞裝被看破的機會又降低了。第三，三名被害者死亡的方式都相當不尋常且駭人，導致所有人的注意力都集中在死者身上，因此更沒機會發現那些房間是升降裝置。第四，在昏黃的夜燈下要發現房內的異狀並不容易，例如地板上的縫隙——這裡的電梯沒有安全門，因此地上只有一道縫隙。第五，這些電梯是靜音電梯，幾乎不會發出聲音。加上外頭又有雨聲作響——別忘了三個現場附近都有窗戶，電梯發出的聲音就都被風雨聲蓋過去了……種種因素總合起來，『電梯』的本質便被掩蓋。

「我也終於了解，爲何我一進這三間房間都會感到一陣難以言喻的暈眩，那正是進入電梯最常有的感覺。」

「可是，」方承彥開口，「當電梯在一樓時，若有人打開二樓以上房間的門，那不就洩底了？」

「的確，但事實證明到目前爲止沒這種事發生，因爲雨夜莊房間太多了，而且發生命案後沒有人敢隨意走動，用過餐後大多立刻回到自己房間，因此這個祕密至今無人發現。我想再多住幾天的話，這個祕密遲早會曝光。

「教授說過他們寒假才搬過來，僕人也是新請的。女傭告訴過我根本還沒時間打理每個房間，只先清掃要用的房間，所以沒人發現電梯的祕密也就不足爲奇，如果繼續住下去的話，這祕密是不可能隱藏的，遲早會被傭人們發現。」

「爲什麼建築師要刻意把電梯僞裝成房間呢？」方承彥的問題突然多了起來。

「我想只是一種創作上的嘗試吧。這棟房子從外觀上來說就已經具備奇特的美感，內部會有前衛的設計也不令人意外。看來石勝峰是一名眞正的藝術家。

「既然知道那三個房間是電梯，門邊的按鈕具備什麼功用也就昭然若揭。我一直誤會那是電燈開關，進入房間的死者們一定也是這樣誤認，但其實根本沒有電燈開關，電梯的燈永遠都是亮著的，那些按鈕是電梯的樓層鈕。只要按下門外的按鈕，電梯便會來到按鈕的人所在的那一層樓。至於房內的兩個按鈕，左邊的鈕代表較低的樓層，右邊的鈕代表較高的樓層。舉例而言，如果你人在一樓，那你按下左邊的鈕，電梯就會把你帶到二樓，按下右邊的鈕，電梯就會去到三樓。

「至於爲什麼需要電梯，理由很簡單。如前所述，雨夜莊的電梯按鈕位於腰際高度，會這樣設計只有一個理由，亦即，電梯是給殘障人士用的。」

「難道……」白任澤露出驚訝的眼神。

「嗯，教授你不是有個半身不遂的父親嗎？他與白景夫一家人搬入雨夜莊不久後就逝世了。與其說雨夜莊是白景夫要隱居的地方，從另一個角度來看也是特地爲父親養老而設計的建築，因此在雨夜莊房間最多的北、南、東各設了一座電梯，如同一般建築的設計，都建在樓梯旁。」

「等等！」徐秉昱打斷若平，「我住過大樓，電梯需要定期保養，雨夜莊的電梯荒廢了一年還能正常運作，這也太扯了吧？」

「好問題。教授提過，他們搬進來前，石勝峰曾帶人來維修過雨夜莊，我想電梯的維護工作就是在那時完成的。

「知道三個命案現場都是電梯的設計後，我們現在來試著重建一下三件命案的發生經過。我們假設兇手是X，在第一案中，X待岳湘亞跑入三樓樓梯旁的空房中並門上門後，在正下方的一樓按下電梯鈕，房間立刻下降到一樓，X進入殺人，砍下死者頭顱，將死者的頭顱扔在一樓樓梯間，再按下房間裡頭往三樓的按鈕，迅速離開房間，電梯便上升至三樓。

「在第二案中，X在柳芸歆進到更衣室、閂上門後，他便按下二樓的電梯鈕，電梯立刻來到二樓。他走進房間勒斃柳芸歆，再按了裡頭一樓的電梯鈕，離開房間，電梯降至一樓。乾淨俐落。犯案過程與網球場的腳印、門閂等等都沒有關聯。

「在第三案中，白綾莎發現江正宇在她的房間內，江正宇立即逃出，白綾莎隨後追上。江正宇到達西側樓梯間後從樓梯下樓，但下樓前他曾猶豫過要不要躲進樓梯旁的房間，因此將房門開了一條縫。來到樓梯間的白綾莎看見微微敞開的房門，誤以爲江正宇躲入房內，於是她打開房門，這時躲在她身後的X出現，推了她一把。房裡的電梯當時是停在一樓的，因此白綾莎從三樓墜下，頭部撞上了電梯頂端的升降裝置因而斃命。屍體後來被言婷知發現——她很可能是白天時從DV帶中得知電梯的祕密，夜晚過去查證，因此才會在那附近徘徊。

「言婷知發現屍體後，看出白綾莎是墜樓而死，她當下也認定是兇手將白綾莎推落，並決定變更陳屍現場引起兇手注意。她拿了房間的棉被來包裹屍體避免在地面留下血跡，也避免自己沾染血跡。她將屍體拖出來，按下電梯鈕把電梯從一樓升上二樓，自己先進去，再下到一樓，鎖上一樓房間的門閂，接著再搭電梯回到二樓，將屍體拖入電梯內，收起棉被。我猜她可能利用電梯上到三樓方便她把棉被放回房間，接著再按下一樓電梯鈕，迅速離開電梯，讓電梯把屍體載送到一樓。

「我知道說到這裡還是有很多疑點未明。例如在前兩案中，身在另一個樓層的X怎麼能知道死者進入電梯了沒？製造不可能狀況的動機又是什麼？這些我晚點會解釋。我現在先把言婷知命案解釋清楚，因爲這件命案一樣使用了電梯做爲殺人的道具。」

白任澤此時身子動了一下，緊抿著嘴唇。若平則自顧自地繼續述說案情。

「布置完自殺現場後，兇手先打開西側樓梯間的窗戶，並找來一條堅韌的繩索——我猜想是釣魚線，再回到言婷知房間。他把繩索一端纏在木製長椅的椅腳上，繩子繞過南側圓柱，另一端穿過窗框上的小洞，拉出，再透過打開的窗戶將繩索拋往隔鄰樓梯間的窗內；因爲兩扇窗離得很近，因此這個動作不難達成。接著兇手離開房間前往樓梯間，按下電梯鈕讓電梯來到三樓，接著進入按下二樓電梯鈕再迅速離開電梯；電梯降至二樓後，兇手拉起穿過窗戶的繩索進入電梯間內，將繩子綁在電梯頂端的升降裝置上，再回到房內。他將床鋪推到長椅旁緊鄰，但讓床鋪比長椅更向南側突出。

「接著兇手關上窗戶、用膠帶封住兩扇窗戶的鎖釦，再按下門的鎖，走出房間、關上門。他走到隔壁樓梯間，下樓梯到二樓，進入位在二樓的電梯，按下一樓電梯鈕再迅速離開。繩索因電梯的拉力而發生拉扯作用，長椅被拖動，往南側移動，沿著床鋪形成的軌道直線移動，正好堵住房門！」若平說到此，把筆記本翻到其中一頁，展示上頭的圖給眾人看。

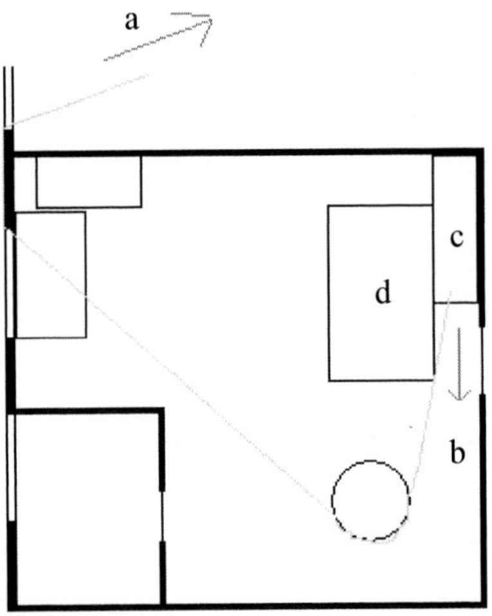

圖八　言婷知案密室機制 (1)

(a)電梯施力方向　(b)長椅移動方向
(c)長椅　(d)床鋪

「床鋪的作用有二。第一，比鄰長椅的床鋪同時形成『堵住房門的器具之一』，更加深自殺假象。第二，當成長椅滑動所依循的軌道。沒有床鋪阻擋的情況，長椅的移動方向將無法密實堵住房門。」若平指著筆記本上的另一張圖。

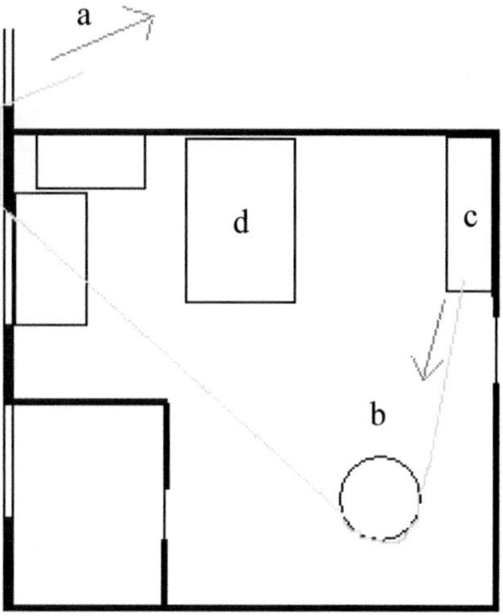

圖九　言婷知案密室機制 (2)

(a)電梯施力方向　(b)長椅移動方向
(c)長椅　(d)床鋪

「電梯到達一樓後，兇手立刻回到二樓，進入電梯間，鬆開繩索；再回到三樓樓梯間，將繩索拉回。接下來要做的事相當重要，兇手找了一個重物，將它纏在繩索一端，從樓梯間的窗外輕輕垂下。謀殺案的第一部分至此完成。

「當然你們都知道了，策劃這件兇案的兇手便是教授，他在等待機會讓我與他一同發現屍體，進行謀殺案的第二部分。如果我沒有去找他的話，他同樣會找上我，說他發現言婷知證詞可疑之處，要一同到她房裡查證。後來我親自找上教授，省了他不少麻煩。對兇手來說，還有兩件事要完美達成才算完成整個佈局。第一是取得入門先機，這點他辦到了。他閃身進入房間後立刻掏出事先準備好的剪刀，剪斷綁在長椅上的繩子。因繩子的另一端綁有重物，被剪斷的繩子受到重力拉扯，便自然從窗框的洞滑掉而出，墜落至一樓，教授只要再找時間下樓收拾繩索與重物即可。

「要補充的一點是，言婷知趴倒的書桌經過搬移，理由是爲了能讓我在一進房門後立刻將注意力放在言婷知的屍體上，避免去注意到教授剪斷繩子的動作；但事實證明教授在我進房前就已經完成剪繩動作。」

「眞是可怕又縝密的思慮，」方承彥輕聲做了評斷。

若平說：「能在緊迫的時間內想出這樣的詭計，我眞的很佩服教授的頭腦。痛失親人所激起的復仇力量，從來不能被低估。別忘了，用來造成密室的那座電梯中還躺著綾莎的屍體，對教授來說，是死去的綾莎對言婷知進行復仇……教授應該是以這樣的心態在進行整個行動吧。」

白任澤將臉埋入雙手，身子顫抖起來。

在這沉默的片刻，突然有人走近餐桌。不知什麼時候離開座位的江正宇端著一盤咖啡杯，對著大家說：「我只是覺得，現在每個人都很需要喝一點。」說完，他將杯子與糖、奶精分配給每一個人，便逕自坐下。

對於江正宇突如其來的貼心舉動，沒有人特別注意；他們的視線仍鎖在白任澤身上。

白任澤抬起頭，他的雙眼泛滿紅絲，面容蒼老；他用微弱的語氣說：「若平，告訴我，到底是誰殺了綾莎，我只是想知道眞相。在我知道那個人的身分後，我不會復仇；警方到來後，我會去自首。我明白自己犯了什麼錯，但我只是想知道眞相。我只有這個要求！」

「教授，」若平說，「就算你想復仇也辦不到的。」

對方愣住了，「你是什麼意思？」

「就是字面上的意思，你不可能復仇。」

教授睜著兩隻紅眼，嘴巴半開，「難道……兇手已經死了？」

「邏輯上來說，不是死了就是活著，但我們的兇手超越這兩個選項。」

「我不懂，請告訴我答案。」白任澤乞求。

「如你所願，X的身分是最後的謎團了。我們來仔細想想，X以前述電梯手法行兇的話，那我們可以將有不在場證明的人從嫌犯名單排除。然而，餘下的人卻沒有動機……嚴格說，沒有任何人有動機。

「前三件命案是整個雨夜莊事件的主體，具備三個共通點。第一，被害者都是在不可能的狀態下死亡。第二，看不出爲何兇手要製造不可能的犯案情況。第三，被害者死前的行動都有某種『臨時性』存在。第一案中，岳湘亞突然跑進南側樓梯間的房間；第二案中，柳芸歆接到方承彥臨時邀約而前往更衣室；第三案中，白綾莎誤入西側樓梯間的房間。這種臨時性與後來犯罪狀況所呈現出的『預謀性』相牴觸。

「除此之外，這三案也各有疑點。在第一案中，兇手爲何砍斷死者頭顱？在第二案中，兇手爲何要冒險使用死者身上的圍巾？在第三案中，兇手爲何放任白綾莎屍體躺在電梯頂上而沒有做處理？

「只有一個答案可以回應上述所有疑點，只要得到這個答案，一切謎團就都迎刃而解。」若平示意蠢蠢欲動的聽眾們安靜下來，「關鍵在於兇手似乎具備全知的能力，能預料或知悉被害者的行動，再以電梯手法殺人。至此，我換個角度推想，如果沒有人『預謀』的話，與被害者行動的『臨時性』便沒有牴觸了！如此說得通嗎？」

「沒有人預謀……？」徐秉昱瞪大雙眼。

「沒錯，無人預謀，密室構成也就不需要理由，也毋需有人預料被害者的行動來設計殺人。」

「但是，沒有人預謀，但謀殺確實發生了啊……這到底是……」

「聽好了，沒有人來策劃謀殺，所有疑點便都可以迎刃而解，這樣說還不夠清楚嗎？」

「不清楚！」徐秉昱叫道，「沒有人策劃謀殺，但明明有人被殺了啊！」

「有命案發生，難道一定要是人來策劃殺害行動？」

「什麼？不是人來殺，難道是鬼幹的？」徐秉昱似笑非笑地喊道。

「你抓到重點了，」若平眨眨眼睛，面對眾人，對著半空中拋出一句話。

「兇手不是人。」

＊

也許在幾年之後，在場的某人回憶起當時的場景，會覺得難以忘懷；真相揭曉的場面與不可思議的殺人事件同樣懾人心魄。

「你是認眞的嗎？」白任澤猶如地鳴的聲音傳來。

「百分之百認眞，」若平沉著地回答。

「開什麼玩笑！」徐秉昱把菸盒朝桌面重重一摔，「不是人殺的，你該不會要告訴我們有隻黑猩猩躲在這裡吧？牠一定比魔術師還聰明！」

「不，」若平搖搖頭，「你的話已經反駁了自己的結論。」

「範圍縮小了，」說話的是方承彥，「我猜，兇手根本不是有機體吧？」

「……可以這麼說。」

「機器人？還是超自然力量？」徐秉昱悶哼，「眞的是愈來愈荒謬了！」

「機器人？不，」若平再度搖頭，「我們科技沒那麼先進。不過說是超自然力量……倒是很接近了。你們有沒有聽過所謂的『三界』？佛教所講的三界是指欲界、色界、無色界；道教講的三界是天界、人界、地界。我們這位連續殺人兇手，既不屬於人界——非人，也不屬於地界——非鬼。除去這兩界，就只剩下一界了。」

「什麼……」

「X屬於天界……祂的名字是——the Fates，也就是『命運之神』！」

*

「在希臘神話中，」若平說，「有三名司掌命運的女神，總稱爲莫伊拉（Moirai），分別是克洛托（Clotho）、拉克西斯（Lachesis）以及阿特羅波斯（Atropos）。克洛托負責編織人類命運的紗線，拉克西斯決定線的長短，最後由阿特羅波斯剪斷紗線。也就是說，人的命運完全操縱在神的手上。」

「那又怎樣？難道你相信眞有神祇來殺人？」徐秉昱反問道。

「如果你認同人生中的意外橫死是命運的一部分，那我說她們死於命運女神之手，並非不正確。」

「意外橫死？」

「沒錯，岳湘亞等三人皆死於意外，根本沒有人謀殺她們。」

「這、這怎麼可能？」

「世界上沒有不可能的事，有的只有不願相信事實的人心。讓我慢慢解釋吧。

「我們回顧一下第一案，根據方承彥的說法，當晚他邀了岳湘亞至圖書室，他還特地準備紅酒給對方。當我問方承彥爲何不請辛蒂幫忙把酒拿上樓時，他的反應十分古怪。在昨天早上的一場牌戲中，我從他的口中驗證了我的假設。你們大概能猜到他的意圖。」

方承彥默默低著頭，被遺忘許久的憂鬱在此刻又如浪般打回全身。

「酒裡下了藥吧。」江正宇突然迸出這麼一句，彷彿他非常了解方承彥。

「你所下的藥，」若平對著憂鬱男子說，「應該是安眠藥，可能是你自己在服用的藥。」

「這個時候是該道出一切了，」沉默許久，方承彥說，「你說得沒錯。我事先把藥放入她的酒杯中，她沒起疑……」

若平說：「岳湘亞在喝了酒之後，昏睡感襲來，才驚覺到你的意圖，因此立刻奮力奔出房間。一直到進入樓梯間的房間，閂上門後，藥效也發作得差不多了……慌亂中她按了房內的按鈕，她可能認為關掉燈方承彥才不會藉由從門縫滲出的光判定她在裡頭。但她不知道那其實是電梯鈕，於是房間往下降。

「電梯降到一樓，岳湘亞此刻大概也沒有力氣驚訝了。她用著最後一絲力量打開房間的門，便倒向地板，頸部不偏不倚就倒在電梯與地板的交界處。

「另一方面，方承彥來到三樓樓梯間房門前，懷疑岳湘亞在裡頭，但經過叫喊都沒有回應，這時他開始對著門拳打腳踢，我和教授立刻制止他。」若平轉向教授，「我不知道你還記不記得，那時方承彥踢中了門外的按鈕。這不意外，畢竟按鈕的高度只在腰際。於是電梯往上升。」若平拿起咖啡杯，啜了一口。

「白景夫曾抱怨雨夜莊的建築有瑕疵，當時我以為那瑕疵是指更衣室通往網球場的門出了問題。但實際上，他所指的是電梯本身的瑕疵：每座電梯都沒有安全門，只有一般的房門，因此才會發生第三案的墜樓意外。正常的電梯只有在門完全關閉後才會開始移動，但雨夜莊的電梯嚴格說根本沒有門。不管有沒有人正在進出電梯，只要另一樓層有人按下電梯鈕，電梯一樣會移動！

「這瑕疵對白景夫殘障的父親來說，眞是致命的危險；若他的輪椅還沒完全進入電梯中卻有人在其他樓層按下電梯鈕，那上升的電梯一定會致使輪椅整個翻覆。這可以說是石勝峰對白景夫的報復，而且是在神不知鬼不覺的狀態下所完成。基於愧疚心，白景夫也沒有再追究，可能是其父驟然逝世後，他們平日也很少使用電梯了吧。

「岳湘亞反而成爲電梯瑕疵的被害者。由於她倒下時頭剛好伸出電梯外，隨著電梯逐漸上升，突出電梯外的頭顱也跟著往上升，直到碰觸到了天花板……人脆弱的肉體畢竟比不上沉重電梯的拉力，她的頭顱就這樣被截斷了，人頭因此掉在一樓南側樓梯間房間的門前，最後被江正宇還有我發現。」

現場連呼息聲都聽不著了，所有人面容緊繃。

「這也是我們百思不得其解的疑點之解答——不知從何而來的巨大力量活生生扯斷死者的頭顱，其實那股力量就是來自電梯。」

方承彥的面色動搖，「是我害死了她！」

「也不完全是，你是不知情的人，並非有意；只能說是令人遺憾的發展。」

「等等，」白任澤帶著困惑的神情說，「你說岳湘亞失去知覺前打開了電梯的外門，也就是一樓南側樓梯旁房間的門。那麼那道門後來應該是維持開啓的狀態，你在發現岳湘亞的頭顱時爲何沒有注意到房內的異狀？那時電梯停在三樓不是嗎？如果你看到房內的景象應該會察覺有異，進而發現電梯的祕密。」

若平轉向江正宇：「你發現岳湘亞的頭顱後是不是把房門關上了？」

江正宇抓了抓一頭亂髮，「是、是的。我當時想用門把頭顱推進房內，畢竟放它在那裡太可憐了……不過最後失敗了，我就直接把門關上。當時樓梯間的燈沒開所以我沒注意到房內的景象。」

「這樣事情就清楚了。」

「柳芸歆的案子呢？」徐秉昱問，語氣夾雜著好奇與不耐。「又是什麼樣的意外？」

若平說：「第二案也是一樁電梯意外。柳芸歆依約前往更衣室，進入後門上門閂；可能出於好奇心，她打開了通往網球場的門，再用力關上。她在關上門後，那長得出奇的圍巾一端夾入門縫中，而她卻沒有發覺。柳芸歆在原地轉過身後，可能是怕剛才的巨大聲響會吵醒女傭，進而出來走廊查看，如果從門縫底下發現裡頭有燈光，那她鬼鬼祟祟來到更衣室的事實便會曝光；於是她隨手按了牆上的按鈕，打算關掉電燈，但那剛好是二樓的電梯鈕！

「電梯直線上升，強大的拉力拉緊柳芸歆脖頸上的圍巾。全程大概不超過幾秒鐘，她便一命嗚呼了。電梯在上升過程中，圍巾承受不了拉力而斷裂，斷掉的一截掉在室外，另外在門框上也留下了一些殘餘的圍巾絲線，兩項線索都被我發現。說到這裡，你們應該也明白那怪物般扯斷柳芸歆脖頸的力量來自何處了吧，同樣來自電梯。

「徐秉昱與方承彥，你們兩人到達更衣室門前時柳芸歆應該剛斷氣；當你們叫喚老半天裡頭都沒回應時，方承彥提議關掉電燈逼使她出來，卻沒注意到門縫底下根本沒燈光滲出，因爲當時電梯在二樓。方承彥按下了外頭的按鈕後，電梯立刻從二樓降下。接下來的事你們都知道了，破門而入後，一具離奇慘死的屍體癱倒在眼前。」

「天底下哪有這麼巧的事！」徐秉昱按捺不住了，「根本是胡扯！我不相信！」

若平冷靜地說：「關於巧合，我待會兒會解釋，我們繼續把第三案解析完好嗎？白綾莎這個案子，可以說是一件典型的意外，比起前兩件沒有過多的巧合，而案子的複雜性是在她死後才展開，這我們之前都解釋過了。白綾莎跑出房間後，的確去開了西側樓梯間房間的門，她誤以爲江正宇躲入裡頭，便一邊打開門一邊踏入……電梯停在一樓，她便這麼墜樓而下，頭部受創而死。」

白任澤發出痛苦的悲鳴，沒有反駁若平的推理。或許他認爲這是最好的答案。

「上述這些電梯意外並不罕見，」若平說，「你們可以從世界各地的新聞看到不少類似的事件。」

方承彥沉吟道，「我知道有很多相關的電梯意外事件，但接連發生……這也太巧。你驗證過你的說法嗎？」

「當然。關於岳湘亞一案，我在一樓南側樓梯間的天花板上有發現血跡，位置就在小房間與天花板的接壤處。關於白綾莎一案，我在西側電梯頂上的升降裝置上找到血跡。至於柳芸歆一案，卡在門框上的圍巾殘骸已經是最有力的證據了。」

方承彥嘆了口氣，「如果你是對的，我等於是間接害死了湘亞與芸歆。」

「而綾莎死在我手中，」江正宇低頭看著自己的手。

「不，」若平說，「我知道這一切很難接受，但我相信這就是眞相。其實你們仔細想想，每件事都有因果關聯，並非毫無來由發生。岳湘亞爲什麼會倒在電梯與地板的交界？因爲她吃了安眠藥。她爲什麼吃了安眠藥？因爲方承彥在給她的飲料中下藥。方承彥爲什麼下藥？因爲他將思慕付諸實踐。

「柳芸歆呢？她接受了方承彥的邀約，盛裝打扮，纏了一條特長的圍巾，那條圍巾應該也是刻意挑選的……但也因爲這條圍巾，加上她的好奇心，造就了她的死亡。

「至於白綾莎的情況，若沒有江正宇的行動，沒有方承彥給他的啓示，以及他開了房門最後卻改變主意，也不會發生這件意外。

「所有事追溯到源頭，若不是白綾莎邀了岳湘亞，這些各有所圖的人會來到雨夜莊嗎？若再往前追溯，要不是白景夫的突發奇想，會有雨夜莊的出現嗎？要不是石勝峰的報復，會有這些意外嗎？」

「這些事件獨立來看，發生巧合或許還能接受，但放在一起，令人覺得幾乎是不可能發生的，」方承彥疲倦地說。

「幾乎不可能，所以還是有可能的。」若平微笑，「教授，請把愛倫坡那本小說給我。」

白任澤一臉困惑地將書遞給若平。

若平快速翻閱起來，接著在某一頁停下來，「愛倫坡在〈瑪莉．羅傑之謎〉中曾說過：『一些看來性質玄奇的巧合——至於巧合本身，則一向爲知識分子所難以接受——使有些人，連最冷靜的思想家在內，都爲之大吃一驚，進而對超自然存在一種莫名其妙而又驚心動魄的半信半疑。』另外，針對案件他又說：『我現在應大家要求即將公諸於世的一些不平常事況，就時間先後來說，可以看作是一連串幾乎不可理解的巧合之主幹。』」

「但那是小說不是嗎……」徐秉昱嘟囔。

「我可以給你們一些眞實案例。愛倫坡本身就是製造巧合一個最好的例子。他在一八三八年出版過一本書叫做《亞瑟．高登．皮姆的自述》（*The Narrative of Arthur Gordon Pym of Nantucket*）。故事敘述四名船難的倖存者逃上一艘小船，由於沒有食糧，他們抽籤決定誰要被眾人吃掉。一名叫做理查．派克的年輕船員成爲不幸的犧牲者……四十六年後，在現實世界發生的一件船難導致四名倖存者逃上小船，他們一樣爲了食糧而抽籤決定誰被吃，最後被吃掉的一樣是叫做理查．派克的年輕船員……小說中的情節竟然在現實世界中發生了，眞是相當離奇的巧合。

「再看一個案例。BBC新聞曾報導過一件二〇〇二年在芬蘭發生的事。一對七十歲的雙胞胎在兩個小時內於同一條路上接連發生車禍而死亡。第一名雙胞胎騎著腳踏車被貨車撞死；接下來第二位雙胞胎也是騎著腳踏車在同一條路上被貨車撞死。經過調查，警方說第二人並不知道第一人的死亡，因此排除自殺的可能性。如果是這樣的話，只能是巧合，但還是讓人覺得十分不可思議。而事實上，查閱過相關資料就能發現離奇的巧合在世界各地都曾發生過。」若平調整了一下架在鼻子上的銀邊眼鏡，語氣低沉了起來。「也許你們也聽過許多日常生活中關於巧合與偶然的事，例如親人死亡的同一時間，身邊出現了怪異的現象：花盆突然從架子落下、窗玻璃碎裂……巧合確實存在，不管有多離奇。」

「該死。」徐秉昱揉爛了手上的菸。

「曾經有數學家提過所謂的『無限猴子定理』來討論機率的概念。這個定理的其中一種版本聲稱，如果一隻猴子可以無限期地敲打鍵盤，總有一天會敲出莎士比亞的作品。這意思也就是說，無論發生機率再怎麼低的事件都還是有發生的可能。

「其實換個角度想，透過人所賦予的意義，巧合才得以被稱爲『巧合』。每分每秒都有不同的事件在發生，爲什麼不說那是巧合？因爲透過『人』，事件的連結才產生意義，巧合才得以誕生；沒了人，巧合是不問意義的。」

現場一片鴉雀無聲，每個人似乎都思索著若平的話語；疲憊的理智此刻在雨中翻滾，只能接受，無法抵抗。

「老子說過，『天地不仁，以萬物爲芻狗。』」若平說：「我們可以用個有趣的比喻來說明。掀開蟻窩來看，那眞是一個有組織的小型社會，就像人類社會一樣井然有序。當我們用手指對準了行進中的蟻群奮力一壓，殺死了幾隻螞蟻，牠們不會曉得發生了什麼事。我們扮演的角色就像上帝，而換個角度想，人是否也像螻蟻，默默承受著『神』莫名的安排與作弄？」

至此，話聲暫歇了。窗外的雨似乎停了。

良久的沉默後，有人開口。

「這幾天這裡發生的事情，」教授的聲音從遙遠的彼方傳來，「與去年的事無關了？」

「無關。」

「那……三屍案是否另有隱情？」他的眼神透露出痛苦。

「這個嘛……現在不是討論這件事的時機。」若平沒再回答了。

窗外依舊昏暗。昏暗的室內與昏暗的室外連成一片，好似幽暗的人心，又如蒼茫詭異的大自然旨意，包裹著命運之輪。世間的弔詭，全消融在這片衰敗的景況中。

屋內灑落的陰暗附著於每個人的臉上，深深地……

在場的人陷入零散的交談，似乎無法從所有的一切中恢復過來。

白任澤發出一聲嘆息，伸手去拿眼前的咖啡杯。就在此時，遠處傳來電話聲響，應該是客廳的電話響了。白任澤立刻站起身。

「應該是警察打來的，他們有說會再打來！」說完他快步走出餐廳。

聽到警方會在二十分鐘內到達，所有人都鬆了一口氣。

顯然，殺害婷知的兇手不會再去碰那杯咖啡了，因為警方即將到來，大家得做點準備。

太遺憾了。像我這樣的懦夫原本可以替婷知做些什麼的。

當電話響的時候，我看見林若平的嘴角有笑意。這位年輕的哲學家應該是已經看穿了我的心思。即使電話沒有在那個關鍵時刻響起，他一定也會設法阻止兇手「自殺」。

他應該從我說謊的那一刻就已經知道我來到雨夜莊是為了誰。看來他什麼都知道。

原本我可以藉由犯下謀殺來成為一位大人物，站在鎂光燈底下的大人物，而不是一名躲在角落的旁觀者。

但我知道我註定要成為一名無名小卒。

終章 雨夜的獨白

爸爸離開了。

從走廊盡頭的窗戶，可以隱約地望見那輛藍色保時捷劃過宅邸前的空地，駛入黑暗中的濛濛細雨。

嘴中呼出的熱氣模糊了冰冷的玻璃，我放下原本貼在窗玻璃上的雙掌，緩緩轉身，讓車身之影化爲腦中的殘像。

沿著寂寥的長廊，邁著空洞的步伐，紅色絨毛拖鞋擦過的地板，好似一條綿延至地獄的黑蛇。

無數房間從左手邊閃過，一直到眼前出現盡頭的牆壁，我才右拐，進入另一條長廊。

我推開走廊中段右側的雙扇門，然後面向著前方，身子向後靠在緊閉的門上，兩手掌緊緊夾在門把與運動褲的後口袋。

左前方盡頭的房門底下，透出昏黃的亮光。

那是媽媽的臥房。

已經不知道是第幾次，在這棟我理應熟悉的大宅邸中，又泛起了陌生的感覺；我似乎再度戴起陌生人的眼鏡，以陌生的視角旁觀這裡頭的一切。

這是一種多麼矛盾的心情。

挪動僵硬、冰冷的雙腿，我朝左前方的房門走去，開門，按了門邊的電燈開關，關上門。

我環視這偌大的房間，這就是所謂我的臥房。五年前父親動用龐大資金建造這棟豪宅，花了兩年時間完工；之後的三年，這裡變成了我的另一個家……雖然我幾乎只有放長假時才會在這裡。

高級豪華的套房，房間是山下房子的兩倍大，不知羨煞了多少同學；從小我便擁有物質上的一切……牆角堆滿了各類布娃娃，我半蹲下來撫摸了其中一隻小浣熊；浣熊身上布滿縫縫補補的針線痕跡。那是我八歲時，媽媽送我的生日禮物。

它是一個不會說話的朋友。

站起身，經過電腦桌前的筆記型電腦、雷射印表機與掃描器，我走到書桌前，坐了下來，攤開粉紅色的日記本。

拿起筆書寫。

二月十日　雨

今天爸爸又下山與生意上的夥伴打牌喝酒去了。媽媽早上便放傭人一天假，叫來計程車把她們送下山。

從一年前的暑假開始，我發現爸爸每個禮拜都會有一個晚上找同事聚餐去，而不知道從什麼時候開始，傭人們的放假日便會固定在那天。

這並不是很奇怪的事，我很快就知道理由了。

媽媽有了外遇，那個男的名叫楊瑋群，好像是在網路上認識的。

有時候我很恨我爸媽，我恨他們一見面就吵架，一吵架便沒完沒了，有多少個晚上，我都是在他們的吼叫聲下，流著眼淚、抱著恐懼躲在被窩裡。我童年的夜晚只存在著這種可怖的影像，陪伴我的只有一堆不會說話的布娃娃；我用娃娃們把自己埋葬在床上，但那叫吼聲還是穿越了層層屏障，進入我的耳中。

我真不明白，兩個人既然以吵架度日，為什麼還要結婚？為什麼還要讓我來到世間，忍受這種折磨？

我問過媽媽這個問題，她只說我還太小不能明白。我問她為何不離婚，她給了我同樣的回答。

是的，我不能明白，我甚至不能明白我愛不愛我的父母。

爸爸愛上建築師的老婆，引起一場軒然大波，那也是爸媽兩人貌合神離的開始。從那天起，我不再擁有幸福。

我始終害怕學校的長假，那意味著我必須回到那不像家的家。對我而言，我沒有家人。爸媽怕我寂寞，給了我許多排遣時間的「物資」；用錢來塑造我的歸屬感，或許這對他們而言，便是愛。

在我的腦海中，似乎找不到能用來創造我對他們的感情的記憶。

孤獨成了我最好的朋友，這令我的生命相當無趣。

像今天這樣的雨夜，爸爸不在，那男人——楊瑋群——一定會再造訪雨夜莊。雨夜？多詭異的巧合。

那男人會悄悄地上樓，打開媽媽的房門，然後……

丟下筆，我雙手抱住頭。

那男人來的夜晚，我都會跑到一樓的練琴室去哭，甚至到了後來，我索性就一整晚待在練琴室裡；帶著小浣熊、棉被與食物，和鋼琴一同度過漫漫長夜。

在練琴室裡，對作曲十分有興趣的我，自創自彈了許多訴說我心境的鋼琴曲。竟然總是在如此陰鬱的心緒下，我的創作靈感才會源源不絕。望著空洞的天花板、黑色的琴身，每一次琴鍵的敲擊都深深觸動我的心。

總之今晚，我的歸宿，就是那雨夜中的琴房了。

從書架上挑了幾本我繪製的樂譜，拉起小浣熊軟綿綿的手，聽著窗外的雨聲，房內的氛圍透顯著一股不眞實。

爲了應付夜宿琴房這種情況，我已堆放一套棉被與枕頭置於琴房內，現在，只要直接下樓就行了。

就在此時，門外傳來雙扇門被推開的聲響；接著是一陣腳步聲。

是那個男人，那個永遠不會缺席的人……

「你來了，」媽媽的聲音說道。

兩人的笑聲傳來。

屋外的雨聲，退居配角了。

腦中響起不知名的雜音，淹沒著我；我才猛然發覺，是自己在製造這些混沌之音，企圖湮滅聽覺。手心，滲出汗了。

我不知道爲什麼自己能在門前佇立這麼久，我不知道爲什麼自己要刻意去聆聽，去強迫接受，去挑戰極限。有個聲音告訴我，這麼做不過是一個毀壞我內心防禦柵門的藉口罷了。

軀殼，伴隨著起伏的肉慾之音一層層地被拆毀，我望見了內裡裸露、最原始的核心。

放下了小浣熊，我迅速往衣櫃靠去，從眾多的衣物中很快地翻出了一雙白色的禦寒手套。

我將手套套上。

緩緩打開房門，我小心翼翼地不發出任何聲響，出了房間，再重新關好房門，接著往雙扇門走去。

隱約記得，一樓的雜物室中有把小斧頭。

我從正對著雙扇門的樓梯走下樓。長長的髮絲在黑暗中摩娑著臉頰，我嗅聞到因久未梳洗而散發的汗臭。

下樓時，空氣中迴盪著自己的喘息聲與腳步聲。

雜物室未上鎖，我打開燈、推開門，裡頭堆積如山的物件映入眼簾。斧頭的確切位置已忘了，但我仍記得我那瘋狂伸向雜物堆翻找的雙手。

腦中空白了不知多久，激昂的情緒持續了不知多久，我從層層紙箱的底下挖掘出目標物的身影。

拿起一旁的抹布，我小心仔細地將握把擦拭乾淨。

我提起斧頭，再度上樓，回到自己的房門前。媽媽的房門半開著，仍舊洩出小夜燈的燈光。冷不防地，裡頭突然爆出女人尖銳的叫聲。

「不、不要——」那是近乎絕望、恐懼的聲音。

我的心臟怦怦直跳，那像是瀕死的求救……

推開房門，我吸了一口氣——

昏暗的燈光下，一名穿著風衣的男子，龐大的身軀背對著我，跪在床上；他壓著母親的軀體，兩手瘋狂地勒住她的脖頸。

媽媽向上仰望的臉孔，眼球突出，面容扭曲。那是完全變形的臉。

好像只是一瞬間的事情，我感覺到手中的斧頭做了一次相當快速的擺動，敲擊中了一個堅硬物體。伴隨著悶哼一聲，男人從床上翻滾至地板上。那一瞬間，體內的情緒爆發開來，我的手不由自主地繼續往男人的臉上揮去，就像無意識的機器，一次又一次地揮擊……

當男人停止掙扎後，我才看清楚他的身形。

他已經變形的臉看著我。

但我仍認出是爸爸。

我聽到斧頭掉落地板的重擊聲。

滾燙的水珠滑過我的面頰，我混雜入笑與哭的世界。腦中頓時一片空白。

接下來呢？

我轉身檢視臉孔扭曲的媽媽。沒有任何生命跡象。

我已經沒有力氣再檢視爸爸是否還活著。我好累。

爸爸折返……楊瑋群那男人一定是有事先離開了，折返的父親殺了不忠的母親。在昏黃的夜燈下，父親以強而有力的雙手殺了她。對伴侶已經沒有愛的人，竟然還會在意另一半的出軌。我無法了解。

讓殺人嫌疑全落到楊瑋群那顆毒瘤身上吧……雖然沒有決定性證據，但他肯定會有嫌疑。只要警方閱讀過我的日記，他們便能快速得知這號人物……

讓他背負雨夜莊的三屍命案的罪。

對，我已經決定好自己的路了。

離開那血腥的房間，正對面的雙扇門敞開著，樓梯與旁邊的空房無言地看著我。

對了，如果是這樣的話……

從一樓的雜物室，我找到了一把鋸子、一個空衣架、一條釣魚線還有強力膠；我測量好適當長度的線，然後將其截斷。

經過我的房間時，我從裡頭帶出了小浣熊。

回到二樓的電梯房前，我打開外門，進入裡頭。

我將空衣架放倒，底座朝向門口，接著在釣魚線左右兩端各做出兩個繩圈，並將其中一個套上空衣架，將繩圈拉向底座附近，確定其周長不大於空衣架底座。

我把鋸子平立橫放，刀口朝上，用強力膠固定在電梯門前，靠房內這側。我快速離開樓梯間，把強力膠與手套藏在書房內，再回到電梯內。

站在電梯房內，我按下三樓電梯鈕，在電梯門開始移動前用最快的速度跨過平立的鋸子，並確定釣魚線拉過鋸子的刀口。

我將另一端繩圈拉到房間外，關上房門，繩索從底下門縫拉出，另一頭繩圈套上頭部，然後背部緊貼在門上，坐下。

電梯緩慢上升了，空衣架的底座會因爲拉力而緊緊靠向電梯門，夾住平立的鋸子，使其壓在門板上；隨著電梯上升，衣架與鋸子會沿著門板往上移動到門上端的牆壁。

穿過外門底下門縫的釣魚線圈緊緊套在我的脖頸上，開始產生緊繃感。

再過不久，我便會死於絞刑；而電梯上升的拉力將迫使釣魚線被鋸子截斷；雖然有失敗的可能，但現在只能孤注一擲。

頸部的束縛感愈來愈強烈，我緊抱著小浣熊，感受到一陣痛楚。

雨夜莊不久便會出現三屍命案……楊瑋群那顆毒瘤必是頭號嫌犯。

雖然電梯的祕密很有可能會被警方識破，但誰知道命運之神會做出什麼樣的安排？

極端的痛苦襲上，我睜大雙眼，小浣熊從手中掉落……

屋外的雨，彷彿泣訴著什麼，轟隆作響。

我自己所做的曲子在腦際響起，那是一首淒美的輓歌……

（全書完）

要推理84　PG2546

要有光 FIAT LUX

雨夜送葬曲
【完全修訂版】

作　　者	林斯諺
責任編輯	喬齊安
圖文排版	蔡忠翰
封面設計	楊廣榕、王嵩賀

出版策劃	要有光
發 行 人	宋政坤
法律顧問	毛國樑　律師
印製發行	秀威資訊科技股份有限公司 114台北市內湖區瑞光路76巷65號1樓 電話：+886-2-2796-3638　傳真：+886-2-2796-1377 http://www.showwe.com.tw
劃撥帳號	19563868　戶名：秀威資訊科技股份有限公司 讀者服務信箱：service@showwe.com.tw
展售門市	國家書店（松江門市） 104台北市中山區松江路209號1樓 電話：+886-2-2518-0207　傳真：+886-2-2518-0778
網路訂購	秀威網路書店：https://store.showwe.tw 國家網路書店：https://www.govbooks.com.tw
總 經 銷	聯合發行股份有限公司 231新北市新店區寶橋路235巷6弄6號4F 電話：+886-2-2917-8022　傳真：+886-2-2915-6275

出版日期	2021年3月　BOD一版 2022年11月　BOD二版
定　　價	340元

國家圖書館出版品預行編目

雨夜送葬曲/林斯諺著. -- 二版. -- 臺北市 : 要有光, 2021.03
面 ;　公分. -- (要推理 ; 84)
BOD版
ISBN 978-986-6992-65-0(平裝)

863.57　　　　　　　　　　110002455

讀者回函卡

感謝您購買本書，為提升服務品質，請填妥以下資料，將讀者回函卡直接寄回或傳真本公司，收到您的寶貴意見後，我們會收藏記錄及檢討，謝謝！如您需要了解本公司最新出版書目、購書優惠或企劃活動，歡迎您上網查詢或下載相關資料：http:// www.showwe.com.tw

您購買的書名：______________________________

出生日期：________年________月________日

學歷：□高中（含）以下　□大專　□研究所（含）以上

職業：□製造業　□金融業　□資訊業　□軍警　□傳播業　□自由業

□服務業　□公務員　□教職　□學生　□家管　□其它_____

購書地點：□網路書店　□實體書店　□書展　□郵購　□贈閱　□其他

您從何得知本書的消息？

□網路書店　□實體書店　□網路搜尋　□電子報　□書訊　□雜誌

□傳播媒體　□親友推薦　□網站推薦　□部落格　□其他__________

您對本書的評價：（請填代號　1.非常滿意　2.滿意　3.尚可　4.再改進）

封面設計____　版面編排____　內容____　文／譯筆____　價格____

讀完書後您覺得：

□很有收穫　□有收穫　□收穫不多　□沒收穫

對我們的建議：______________________________

____

____

____

請貼
郵票

11466
台北市內湖區瑞光路 76 巷 65 號 1 樓

秀威資訊科技股份有限公司 收

BOD 數位出版事業部

（請沿線對折寄回，謝謝！）

姓　　名：________________　年齡：________　性別：□女　□男

郵遞區號：□□□□□

地　　址：________________________________

聯絡電話：(日) ________________ (夜) ________________

E-mail：________________________________